不出國打造英文生活，實現你的斜槓職人夢

# 跟著賓狗一起

Learning English with BINGO!

# 怦然心動學英文！

BINGO
賓狗、Leo —— 著

知名英語教學Podcast《聽新聞學英文》主持人賓狗
教你怦然心動英文學習法，用專屬於你的教材，
不出國也能打造你的英文生活！

釐清英語學習觀念 × 打造專屬英語教材 × 英文斜槓職人
★ 歷程首公開 ★

# BINGO工作紀錄

**媽我上電視啦**

經營IG也能上《綜藝大熱門》

跟台通、吃史等Podcast節目上《一字千金》

**Podcast大來賓**

人善心美又聰明的家純

可靠有肩膀的暖男阿滴

同志女神黃小愛

英文斜槓
職人

《賓狗陪你練英聽》線上課程

和譚敦慈護理師破除飲食迷思

入選KKBOX
百大人氣Podcast

**John |《通勤學英語》Podcast 主持人**

賓狗在 2020 年開始製作 Podcast 時，便透過議題來引發英文學習的興趣，不間斷地持續更新，在英文學習領域也有了自己的一番成績。透過深入淺出的討論，畫龍點睛的英文教學，我相信只有賓狗的怦然心動的學習才能完全開創不一樣的雙語人生！

**黃小愛 | 同志女神**

賓狗不只是翻譯，是看到了靈魂幫我把作品介紹給另一個群眾！這是很難得的。

**蔡豐任 | VoiceTube 共同創辦人暨執行長**

想學好英文但不知道從哪開始？跟賓狗怦然心動學英文就對了！

賓狗的 Podcast 與課程，幫助許多人不出國就學好英文。運用本書的學習觀念，能讓你跳脫傳統學習框架，用英文打開新世界。

## Sandy 采聿老師｜《聽故事學英文》Podcast 主持人

賓狗是個很溫暖的人，對英文教學滿溢熱情，從兩年前第一次跟他錄 Podcast 就深深感覺到。

他無論在 Podcast 或線上課程裡面，都為學生打造愉快、安心的環境，讓學生勇敢嘗試、建立自信。有這樣的老師引導是很幸福的，老師的熱情和態度可以直接感染學生，在教學過程中產生化學變化 spark joy。

賓狗之所以能如此溫柔地理解學生的痛點，我想跟他的學習經歷有關。他是台灣土生土長的歹丸因仔，不是 ABC 也沒有出國留學過，跟大家一樣受過背多分型填鴨式英文教學的荼毒。但他因為擁抱健康的學習心態，找到適合自己的步調，才能持之以恆，在台灣就將英文學好。

語言永遠是生活的一部分，不是一個考試科目。不用迷信什麼速成學習法、或是過份崇拜特定的教材，只要規律地接觸，保持興趣，將英文融入生活中，就能慢慢找回用英文溝通的勇氣。

其實英文作為世界上最強勢的語言，大部分使用英文的人口卻是「非母語者」。我自己是兩個孩子的媽媽，也是兒童的英文老師。我觀察無論大人

或小孩，只要丟棄「我英文很差」、「我怕講不好」的心態，就幾乎成功一半了。

你真的不需要有完美的文法結構，或說得一口的標準腔調，也能夠用英文清楚地表達自己、正確地理解他人。

無論你現在年紀多大、學英文多久，或是已經為人父母想帶孩子學英文，賓狗傳遞的觀念都能成為你的好幫手。

自己過去的學習方法不正確沒有關係，孩子開始得比別人晚也不會輸在起跑點，因為贏是要贏在終點。人生沒有一條路是白走的，在某一個時間點，這些過往的經驗會匯聚起來，成為往前衝刺的養份。

學好語言可以為你累積未來綻放的能量，我覺得好像衝浪一樣，大多時間都在做練習。只要把自己預備好，等待那個完美的浪頭來的時候，你就能勇敢划水划出去，抓住機會，自信站上浪頭，做出一百分的動作！

這本書會幫助你設定正確的心態，透過可達成的小目標持續前進，並找到最適合你英文學習的那條路。讓語言真正融入生活，發覺英文學習怦然心動的感覺！

**吳敏嘉** ｜ 台大外文系／翻譯碩士學位學程 助理教授

我認識Bingo和Leo的時候，他們不到20歲，是台大外文系的學生。Bingo很活潑、愛唱歌，也愛說話。Leo沈穩內斂，臉上總有靦腆的微笑。兩人孟不離焦、焦不離孟。他們修了我的翻譯課還有逐步口譯課。外文系畢業之後，兩人考上台大翻譯碩士學位學程，一個讀口譯組、一個讀筆譯組。他們兩人緣分很深，連當兵的時候都可以分到同一個寢室。我跟他們的師生緣也很深，從大學到研究所足足六年，也很榮幸在他們畢業之後繼續關注他們，看他們就業、創業、譯書、譯歌，並且成為知名的YouTuber與podcaster，甚至出書。

Bingo和Leo剛剛開始在網路上努力建立能見度的時候，真的很辛苦。當他們因為翻譯蔡依林的〈怪美的〉而被看到的時候，我們都好開心。他們在podcast百家爭鳴的時候才推出《聽新聞學英文》，但是真金不怕火煉，居然在2020與2021年都榮登KKBOX最受歡迎Podcast前100名，他們跟我分享喜悅的時候，我真的與有榮焉。

讀著出版社寄來的《跟著賓狗一起怦然心動學英文！》的試閱文，好像進入時光隧道。Bingo與Leo在文中提到的各個轉折、突破、嘗試與柳暗花

明又一村，我都可以當見證人。Bingo在參加台大翻譯碩士班口試時落落大方的侃侃而談，讓口試委員印象深刻，也讓為師的我心裡放鞭炮。Leo就讀碩士班的時候，我安排他到和信醫院翻譯核磁共振儀器安全使用手冊，當作筆譯實習。他與 Bingo 也很敬業的到關渡和信醫院實際參訪現場，了解放射師的需求，合力完成了技術難度很高的筆譯任務。我也鼓勵Bingo在中廣實習的時候，努力爭取進錄音間錄音，這對他之後錄製YouTube節目與podcast有一定的影響。透過Bingo與Leo的努力，我看到年輕人無限的潛力與希望，也間接的透過他們探索了一些可能性，甚至完成了一些未盡之夢。

在大一英文的班上，我會跟學生說：英文不是考試科目，是打開門走向世界的通道、是與人溝通的工具。英文要學好，不能靠背單字、讀文法，一定要找到可以持之以恆、甚至迫不期待每天都會想做的事情去接觸英文，譬如聽歌、追劇、看電影、甚至玩線上遊戲等。透過Bingo生動的文字，大家一定可以找到讓自己怦然心動的英文學習方法。Nothing is too small. You just need to get started.

## 要先心動，腦才會動
## 哈囉我是賓狗，一起來聽新聞學英文吧！

　　我的podcast聽眾，應該都很熟悉這句開場吧？（而且還聽得到那米老鼠般的雀躍高音）我主持一個名叫《**聽新聞學英文**》的podcast節目，收聽次數已經破千萬，在Apple Podcasts及 KKBOX等各大排行榜都是常勝軍。本書的共同作者Leo是我就讀台大外文系時的同學，我們後來也一起考上台大翻譯碩士學位學程（也就是台大翻譯研究所的概念），然後共同成立名叫「**賓狗單字**」的英語學習粉絲專頁，不但翻譯過許多書籍，也為蔡依林、林宥嘉、韋禮安等天王天后提供官方歌詞英譯，用英文能力開啟了好多意想不到的合作機會。

　　聽到這種因為英文好而打開許多工作機會的故事情節，你是不是覺得：「啊八成又是海歸啦，就是那種you know國外長大，like會中英夾雜的ABC啦。」錯！我跟

Leo 都是台灣土生土長的「正港歹丸郎」，跟你一樣從小在台灣的學校學英文、苦讀課本跟參考書，然後爲了考試努力背單字跟文法。雖然後來順利考上台大外文系，我的挫折感卻有增無減，因爲自己總是比不上身邊優秀的 ABC 或是明星高中的同學。在強烈的挫折與不安下，我決定開始振作，觀察身邊厲害的同學如何在課外學習與進修。

我觀察學霸朋友的學習方法後，整理出一套**「怦然心動英文學習法」**，才實行一年，我的英文口說就大爲進步，不但在大二升大三的時候跳級升到進階的口說班，後來還考上台大翻譯所口譯組，現在更用英文打造自己的事業。這樣的摸索過程，都將在這本書中無私分享，讓讀完本書的你，就算在台灣生活長大，也能說出俐落道地的英文，甚至成爲專業的英文職人，用英文實力打造你心目中的事業與生活。

## 英文是語言，不是考試科目

我教英文超過 15 年了，我發現很多學生的第一個難關，是他們根本不喜歡英文。

「讀英文好痛苦唷！」
「我不喜歡背單字……」
「學文法好難唷。」

很多台灣學生第一次接觸到英文這個語言時，它就只是個不折不扣的考試科目，而且嚴格來說，**台灣的日常生活中是用不到英文的**，當然 IKEA、Costco 跟 iPhone 這些台灣人的生活必備單字（?!）除外啦。總之呢，英文對一般台灣學生來說，從來不是一個活生生的語言，伴隨英文而來的也只有無聊的課程、煩悶的聽講，以及高壓的考試。然而，**英文就是一個語言呀！唯有用更自然的方式吸收練習，長期下來才能真正活用。**如果只是為了考試痛苦地死背，沒多久你就會討厭英文，而誰願意花時間去接觸討厭的事情呢？人類的本能就是會抗拒不喜歡的事物。除了「極」少數真正喜愛這些英文參考書的人之外，誰會在約會的時候讀英文課本？誰會燦笑注視著 XX 英語雜誌？誰會把單字書抱在懷中？如果你認識這樣的人，請立刻透過 IG 私訊與我聯絡（@bingobilingual_bb），讓我認識這個稀有人種（誤）。

當然英文參考書也是很有價值的，可以幫助我們奠定學習基礎以及有效應付學校考試，但英文學習絕對不能停在這類參考書及工具書的範疇。在學校考高分固然是好事，但高分並不代表能活用英文，也不代表能在職場上流暢說英文，更不代表能打造自己的英文職人事業。幸好，你現在遇上這本書了。無論你是學生還是上班族，如果想要活用英文，透過英文享受娛樂、吸收資訊、打造事業，你都需要好好讀這本書，讓英文學習變成一件怦然心動的事情，真正融入你生活之中。

　　前面提到的英文學習觀念，其實就是我獨創的英文學習心法「**怦然心動英文學習法**」（**Spark Joy Method**），我曾經在《聽新聞學英文》第360集把這個學習法濃縮整理成三個步驟，讓你輕鬆吸收。這個三步驟就是：**Letting go**、**You make the call**，以及 **Nothing's too small**（想聽完整的講解，可掃描下方QR Code）。

《聽新聞學英文》
Podcast節目
第360集

**第一步** **Letting go.** 揮別放手。Start letting go of materials that don't spark joy. 那些讓你覺得無聊的英文學習素材，就揮別放手吧！

**第二步** **You make the call.** 由你作主。What are the best English learning resources? You make the call. 怎樣的英聽學習素材，會讓你怦然心動呢？由你作主。這個問題的答案因人而異，而且每個人的答案都是獨一無二。通常我會建議學生回想，你在下班或下課後，會做什麼事情來放鬆呢？那個你喜歡的事情或主題，就是專屬於你最好的英文學習素材。

**第三步** **Nothing's too small.** 每天一小步。找到怦然心動的英文學習素材之後，接下來就要養成接觸英文的習慣，而這一步驟要運用的是「原子習慣」這個概念。你聽過原子習慣嗎？舉例來說，如果你的目標，是每天出門慢跑，面對這麼宏大的目標，你可以調整你的目標，變成小小的原子習慣。每天出門慢跑這樣的大目標，你可以縮減成「每天穿著慢跑鞋踏出家門」就好。只要踏出家門，就是達標，這樣的精神就是原子習慣。萬事起頭難，最難的通常是第一步，而原子習慣的好處就是降低心裡的障礙，在踏出第一步後，就會忍不住繼續往前走。

以剛剛的例子來說，都踏出家門了，你很可能會稍微跑個 100 公尺或甚至更長的距離。所以利用這個原子習慣，就可以用小小的意志力（踏出家門），達成大大的目標（慢跑）。Spark Joy Method 的第三步「Nothing's too small」就是要結合原子習慣之精神，養成每天接觸英文的習慣。

英文是個語言，不是科目，一個語言要說得好，是一生的承諾。就像練肌肉和瘦身一樣，是一輩子的事情，一鬆懈就垮了。英文也是一樣，必須持續接觸、持續練習，要一輩子持續學習。這麼樣細水長流的愛情，你絕對需要 Spark Joy Method，要看見英文學習好玩的地方，從你的

生活和興趣出發，找到英文學習怦然心動的感覺，你就會
自然在生活中吸收英文、一生持續學習，越來越接近英文
母語人士！

## 一起踏上旅程

　　無論你過去如何學英文，或是曾在英文中受過多少
傷，你現在要和賓狗一起踏上怦然心動的英文學習之旅
了。你會學到更多具體的學習方法及細節，瞭解到如何溫
柔善待自己，也讓學英文這件事變得更開心，甚至讓英文
成為你事業最大助力。同時，我也會大方分享自己的學習
歷程，陪伴著你前進。

　　Let's get started! 現在就來進入正題！

推薦序 ● John｜《通勤學英語》Podcast 主持人 ····················· 006

推薦序 ● 黃小愛｜同志女神 ························································ 006

推薦序 ● 蔡豐任｜VoiceTube 共同創辦人暨執行長 ··············· 006

推薦序 ● Sandy 采聿老師｜《聽故事學英文》Podcast 主持人 ·· 007

推薦序 ● 吳敏嘉｜台大外文系／翻譯碩士學位學程 助理教授 ····· 009

自序 ● 要先心動，腦才會動 ·············································· 011

### 第一章・觀念篇　賓狗幫你解惑英文學習迷思

1-1 經典文學嗑不下去？能讓你怦然心動，
就是最好的英文素材 ·············································· 020

1-2 別人英文真好……我是不是很笨？
站穩腳步！你有自己的優勢跟節奏 ····················· 026

1-3 講話有口音，你不敢開口？
只要發音夠正確，口音就是你的獨特 ················· 034

1-4 學校教的文法太難了？你不孤單！
賓狗帶你突破盲點 ·················································· 041

1-5 你只求多益金色證書？只追求考試成績，
小心到頭來一無所有 ·············································· 047

### 第二章・學習篇　不出國打造自己的英文生活

2-1 追劇萬歲，聽歌無罪 ················································· 056

2-2 完全免費！母語人士自然和你練口說 ················· 071

2-3 ➤ 看漫畫打 Game，英文一樣嚇嚇叫 ················ 096

2-4 ➤ 網路筆戰，寫作功力三級跳 ····················· 108

## 第三章・圓夢篇　賓狗的英文職人生活樣貌

3-1 ➤ 媽啊，我上電台了！
——中廣新聞網實習 ··························· 122

3-2 ➤ 朝九晚五行不行？
——法律事務所全職翻譯 ····················· 129

3-3 ➤ 沒有上班日，也沒有假日
——書籍自由譯者 ··························· 138

3-4 ➤ 善用自由，打開新窗
——在 IG 及 YouTube「出道」 ··············· 150

3-5 ➤ 巨星青睞，冒險寶藏
——天王天后御用歌詞譯者 ··················· 156

3-6 ➤ 陪伴學習，治癒自己
——15 年豐富英文教學經驗 ·················· 166

3-7 ➤ 沉潛準備，把握機會
——屢創佳績的《聽新聞學英文》podcast ··· 176

3-8 ➤ 美麗的意外 ——創業不可預期，因而美好 ··· 186

3-9 ➤ 點亮你我的夜空 ——語言的緣分和魔力 ········· 194

# 第一章 觀念篇

## 賓狗幫你解惑
## 英文學習迷思

# 經典文學啃不下去？
# 能讓你怦然心動，
# 就是最好的英文素材

## 經典的英文學習素材，很可能不適合你

如前面提到，上大學後，我才發現原來人外有人、天外有天，我的英文完全比不上那些國外長大，或是從小就有外師家教的同學。於是，我開始尋找英文學習素材，希望靠自學追上同學的腳步。不過，我當時知道的英文學習素材非常有限，不外乎就是學校課本、全班一起訂的英語學習雜誌、英文廣播節目等。所以，我當時選擇的英文學習素材可說是非常經典（aka 了無新意）：

| | |
|---|---|
| 1. 某個坊間常見的英文學習雜誌 | 3. CNN 新聞 |
| 2.《六人行》影集 | 4. 書局買的多益檢定模擬試題 |

很多人在挑選英文學習素材的時候，會去聽從別人建議，例如很多人會推薦《經濟學人》、《紐約時報》，或是鼓勵我們讀經典世界文學，例如《馬克白》、《雙城記》等文學名著，彷彿只要選擇這些素材，英文就會突飛猛進，但很可惜真相不是如此。

大一的我就有慘痛的經驗，當時我很相信這類的經典素材，所以在找學習素材時，只參考別人的推薦，完全沒有考慮到自己的興趣以及程度。現在回頭看，這份清單並不令我怦然心動，並不是我下課後還願意吸收閱讀的內容。話說《六人行》這份素材狀況比較特殊，我是真心愛看這部經典美國影集，但是我大學的時候呢，還沒有Netflix等影音串流平台（啊呀暴露年紀），所以雖然我願意多看，但只能靠學校視聽中心的設備觀賞影集，當時的整個借閱流程蠻麻煩的，而且又不能邊喝咖啡及吃爆米花，所以當時也沒看幾集就放棄了。

不難猜到，上述這份清單，就像每逢跨年必出現的新年新計畫，開始總是雄心壯志，一週後就忘記這回事。大一的我根本沒有好好執行這份清單，因為實在太無聊了嘛！光是上課、寫報告、搞社團都快忙瘋了，回家後哪來的意志力，逼自己讀無聊的英文素材啦。寫下清單後過了兩三個月，這個計畫擺在心裡，執行得很差勁，我對自己很失望，更用力逼自己回家後要讀英文，可是效果不彰；課堂上表現又不如其他同學，也讓我倍感沮喪，非常不知所措，漸漸變得不那麼喜歡英文了。

## 專屬於你的怦然心動素材

幸好，某一天我從同學的身上發現英文自學的秘密。我還記得那是西洋文學概論課的課間休息，當時我想利用下課時間，用筆電讀CNN新聞網站，但是才打開網頁，我就已經眼神死，完全讀不下去，因為大一的我對國際新聞還沒什麼興趣，會選CNN新聞當學習素材，純粹只是因為「大家都推薦」。讀不下去的我，就決定去找我的同學Nicole（化名）聊天。我走到Nicole旁邊的時候，Nicole正在看美國的美妝YouTuber影片，內容是分享如何畫萬聖節的妝。那影片沒有字幕，Nicole看起來也不是特別在聽單字或句子，就是放鬆看著影片，為萬聖節的裝扮做準備。

Nicole小時候在美國長大，但國中就回來了，我曾經聽她在課堂上說過，她回到台灣之後，為了維持英文，會有意識地多聽多讀美國的影視作品跟書籍。我突然驚覺，欸？好像系上英文最好的幾個同學，先無論學習背景為何，**都是在休閒時間，透過英文去吸收自己原本就喜歡的主題**，而不是讀什麼經濟學人跟紐約時報耶！像是我另外一位同學，就會大量看好萊塢的電影，不知不覺吸收各種道地英文用語，也有同學是喜歡閱讀英文小說，注意，不是經典文學喔，是各種當代的言情小說或是科幻故事。

　　等等，這跟我的學習素材清單，也太不一樣了吧？！我才發現，我的學習素材是某種「經典套路」，並不是我下課後真的喜歡接觸的主題。相較之下，那些英文很好的同學，他們的英文素材都是真正令他們怦然心動的有趣主題，換句話說，**他們是把英文當作媒介來吸收資訊、獲取娛樂**。想通這點後，我開始誠實面對自己當時真正感興趣的主題：流行歌、影集、富有懸疑情節的故事，然後重新調整我的英文學習素材清單，變成下列模樣：

1. Lady Gaga 的歌詞
2. iTunes 租借的電影（別再問為什麼不看 Netflix 了，當年連臉書都還沒在台灣紅起來……）
3. 《Serial》（一個講述真實犯罪故事的 podcast 節目）

　　有沒有立刻搖身一變，變成下班下課後也可以蹺腳享受的素材呢？因為這些是我真心喜歡的主題跟素材，所以即使下課累了，也願意點開來聽或看，接觸英文的時間就大幅提升許多呀！畢竟下課之後你本來就願意學化妝、練健身、看電影，只是改成用英文進行這些活動，讓學英文變成是一種娛樂和休閒。如此一來，我們才有可能在忙碌高壓的生活中，持續自學英文，持續用英文接觸令自己怦然心動的文字或影音作品。

## 不要罪惡感，要 spark joy

很多學生一聽到這樣專屬於自己的怦然心動英文素材，會跟我說：「這樣會不會太偷懶？」如果要我翻譯他們的心裏話，我想學生是不習慣。因爲在台灣學英文，總是像韓劇女主角一樣「苦」：苦背單字、爲考試苦讀、在英文課上苦撐著眼皮。學英文不曾是開心自然的事呀！怦然心動的學習方式？有可能嗎？偏偏，英文要學得好，就是得這樣開心自然，因爲英文就是個語言嘛，它需要長時間的累積，不太可能在短時間內突飛猛進，所以務必要設法讓英文融入生活之中，快樂學習。

學英文其實是一生的承諾，**英文就像肌肉與身材一樣，必須持續鍛鍊、長期維持，沒練就會退步**，任何語言都是這樣的。既然學英文有如一場馬拉松賽，需要長時間積累，你總不能只靠意志力硬逼自己學習吧？別忘了意志力是有限的，而工作及學業壓力則是無限的（厭世發言），下班下課後腦子已乾的你，哪來的力氣逼自己接觸無聊的英文學習素材呀？相對之下，如果一開始有自然輕鬆的學習心態，先花時間找到怦然心動的英文自學素材，那麼每天下班下課接觸英文時，嘴角是掛著微笑的、眼睛是發光的。不需要硬擠出意志力，你根本會忍不住聽或讀那些喜歡的素材。

## 輪到你了

　　跟賓狗一起，整理手邊的英文學習素材吧！首先，把你目前正在使用的英文學習材料寫成一份清單，逐一檢視是否有令你怦然心動的感覺。你可以自問：「下班下課後，我能不能開心享受這個素材？」如果眞心喜歡，就爲這個素材畫個小星星，表示將來要好好重用它。如果覺得勉勉強強，不是眞心喜歡，就劃上叉叉，跟它道別，然後尋找其他專屬於你的怦然心動英文學習素材吧！

- [ ]
- [ ]
- [ ]
- [ ]
- [ ]
- [ ]
- [ ]
- [ ]
- [ ]
- [ ]
- [ ]
- [ ]
- [ ]
- [ ]
- [ ]
- [ ]

## 1-2

別人英文真好⋯⋯
我是不是很笨？
站穩腳步！
你有自己的優勢跟節奏

「我是不是很笨？」

　　你是否曾經因為英文不如人，就覺得自己很笨拙？我教英文已經有15年，幾乎每位學生在開口說英文前，都會帶著有些自卑不安的尷尬笑容，對我說：「賓狗，我英文很爛唷。」學生在說英文前講這句話，八成是因為受過傷，所以想要買個保險，要我降低對他們的期待。這個傷，可能是考試分數很低的傷、可能是聽到班上同學英文超級流利的傷、也可能是遇過沒口德的同學說話中傷。

　　外界看我，會以為我的英文學習之旅一路順遂：台大外文系及台大翻譯所畢業，怎麼會有傷？從國中到高中期間，我的英文學習確實是一帆風順的。英文考試都拿頂尖

的分數，因此對自己的英文很有自信，但這樣的自信，反而讓我在台大外文系受了更重的傷。進入大學後發現高手雲集，我意識到自己的英文並不頂尖，甚至在英文口說分班中，落在吊車尾的分班，之後更發生了一件心酸的事情。

大一時，我有個很要好的ABC同學，那時我們形影不離，很多時間混在一起。某天我就想到，欸竟然他是ABC，英文那麼好，而我也需要多練習英文口說，好趕上同學的腳步，何不如就跟這位ABC同學用英文聊天hang out呢？他答應了這個練習計畫，說是樂意幫我，於是我硬著頭皮開始多講英文。結果某天傍晚在台大校門口戲劇系館外，我們正在停腳踏車，準備走去公館捷運站時，他突然打斷我說：

「欸你講英文不要怪腔怪調的好不好？」

我當下傻住，好想甩下他逃回家。我覺得又生氣又羞愧，我又不是在國外長大，我也盡力在學習了嘛，何必這樣說話酸人呢？而且他的中文也是怪腔怪調的阿，我也沒說什麼不是嗎？當時心裡滿是這些聲音與情緒，好自卑好難過，跟這位同學也就漸行漸遠了。

所以，如果你因為英文不好而覺得不如人，那感覺我懂，因為我剛進台大外文系的時候，也是這樣的感受，但我後來仍然靠正確的自學方法，大幅進步，考上超難錄取

的台大翻譯所。換句話說，即使你現在覺得自己差勁，那也沒關係，只要跟著賓狗一起學習，還是可以得到你夢寐以求的英文能力。

## 找到說英文的信心

　　台灣學生為什麼害怕開口說英文呢？其實聽國際新聞，或是在各大英文網路論壇穿梭，會發現台灣人的英文單字量、文法概念，跟全球的非母語人士比，至少也在中段班，但論「開口」講英文，台灣人是數一數二害羞不敢講的。為什麼？因為在台灣，英文是個「考試科目」，是拿來比較階級高下的衡量標準。在台灣，英文不是溝通工具，也不是享受生活、吸收資訊的媒介，這導致**我們非常怕犯錯，忘記語言的本質是溝通**。

　　想自在開口說英文，必須意識到這點：**你就算犯錯，仍能傳達訊息、表達自己的看法**。從網路上的影片或電視訪談中應該不難發現，很多歐洲人的英文也不完美，可能有文法錯誤、句子結構些許凌亂，但是他們說英文的態度是自信的。因為他們將英文視為溝通的工具，人是凌駕於英文之上的；運用它，而不是被它壓得喘不過氣。同時也可以想想印度人或新加坡人，他們的英文或許不是所謂的「標準」英文，可能有特殊的腔調、也獨有一套表達方式，但英文是他們生活的語言，所以他們自在又自信地利用英文生活著、溝通著。這是你我需要培養的心態。

　　說起來，我們的中文也不完美呀，可能會一時詞窮、可能把「我是說」唸成「我四說」、有時會「在再不分」，但又如何呢？我們仍然持續使用中文溝通，因為不完美也能溝通，我們要先找到這樣的勇氣與輕鬆的態度，才能自在開口說英文。

## 對自己溫柔

　　想自信開口說英文，你得先對自己溫柔一點。沒錯，你隔壁的同學或同事可能英文比你流利，但每個人成長背景不同呀，你要知道你已經很努力了。從小到大，國中到高中的英文考試、各種語言檢定、職場上的商務英文，你想必已經在既有條件下，全力以赴學習。

　　別再召集內心糾察隊，整天羞辱自己英文不好，反而因此不敢開口說英文，形成惡性循環。你應該對自己溫柔一點，看見自己做的努力，這才是理想的學習態度。一方面你心裡會舒服，二方面你會更喜歡自己的英文，即使說得不完美也值得喜歡，慢慢融化掉心魔，更敢開口說或動筆寫，進而形成一個正向循環：因為勇敢所以多使用英文，多練習使用英文，自然就會進步，進步了又會更有自信，更有勇氣使用英文溝通。

## 讓英文融入生活

　　當然，只有調整心態是不夠的，畢竟心情會隨著季節、天氣、身體狀況、還有喜歡的影集是否有第二季（誤）變化，所以我們不能只靠精神喊話，而是要有實質的行動，讓英文融入生活之中，用心去感受英文的魅力。要做到這點，就要像上一節建議的那樣，找到令你怦然心動的英文學習素材，用英文作為媒介，吸收喜歡的資訊，千萬不要只為了考試讀英文。

　　**如果你把英文當作媒介，透過英文享受娛樂，你會開始喜歡上英文**，例如把喜歡的電動遊戲調成英文介面和英文配音，在玩遊戲的當下浸淫在英文的文字及聲音之中；或是在歌單中多增加幾首英文歌曲，透過音樂聽到美妙的英文發音。這些都能讓英文在你的世界中，扮演更快樂、更輕鬆的角色，讓你「無痛」接觸更多英文。

　　你也可以透過英文取得想要的資訊，**好好體會它身為「溝通工具」的力量**。假設你喜歡防彈少年團，覺得這些男孩實在太可愛了，所以很想要呵護他們，哦不是，是第一時間掌握他們在美國的動態，那你別癡癡等中文翻譯呀！在台灣接受教育的你，絕對有足夠的英文聽讀能力，可以吸收第一手防彈少年團的英文情報。只要簡單在 Google 引擎輸入 BTS，也就是防彈少年團的英文名稱，然後切換到 Google News 的頁面，就會有非常多英文寫成的快報，讓你掌握防彈少年團的一舉一動。或許新聞快報

中，會有你不懂的單字，但多數台灣學生必然可以掌握大意，頂多稍微查幾個單字，搭配你忠誠粉絲的雄厚背景知識，很快就可以推理出主要訊息，掌握可愛男孩兒的最新動態。你看，這樣讀英文的動機、過程與結果，是不是非常融入生活？而且對你來說，必定是怦然心動的事，還能比只讀中文翻譯的台灣粉絲搶先得到情報，多麼幸福、多麼優越呀。

除了享受娛樂、獲取資訊之外，你還可以**用英文來解決生活中的問題**。假設你想要健身獲得性感好身材，在健身的過程中，一定需要很多運動以及營養相關的知識。通常，你會用中文來搜尋相關資訊，解決生活中的疑問，比如說想「提胸」，我們就會搜尋「胸肌」或「練胸」，而搜尋結果當然也都是中文的文章和影片。然而，如果你有心要讓英文融入生活，你可以用中文查完基本的知識之後，改成輸入英文的關鍵字「chest exercises」，搜尋看看有沒有哪些鍛鍊祕技，是還沒有翻譯成中文的。最後，不管有沒有看到新的健身資訊，你已經多吸收了一些健身相關的英文，瞭解到英文世界是怎麼討論你喜歡的健身主題。如果你願意嘗試以上的自學方式，第二章還會深入探討，如何在聽說讀寫等四個項目上，怦然心動地學習唷！

相信光是讀這幾段文字，你已經可以感受到，即使台灣的生活環境沒有太多使用英文的機會，你還是可以透過幾個簡單的生活習慣，讓英文在你的世界裡變得更「3D」

立體、增添更多面貌與意義，而不只是教室桌上的黑白考卷那麼「2D」平板無趣、那麼高壓。

## 欣賞自己的節奏

我發現大家都有一種「暑假作業心態」。

還記得以前放暑假，第一個月絕對不會去碰那本厚厚的暑假作業，雖然零進度，但深深相信自己一定寫得完。這樣的自信幻覺，等到八月下旬打開暑假作業那一剎那，總會立刻灰飛煙滅。你想想，這不是很弔詭嗎？原本作業零進度的情況下，反而覺得信心滿滿，一定來得及啦！但一旦開始寫作業，反而意識到整個暑假作業之「宏大」，心裡簡直肅然起敬、感到害怕。

我多年來的教學經驗中，也遇過一些這樣的學生。一旦建立好溫柔的態度，並開始使用怦然心動的英文學習素材之後，反而看見自身不足及進步空間，因而更感心焦，再度掉回去以前那種競爭比較，與同儕一較高下的考試心態，這可就不妙啦。

你要**進一步練習「尊重自己的節奏」**，緩緩前進。不管你現在幾歲、英文程度在哪裡，都可以從腳下這一步向前邁進。你的英文或許不是身邊人之中最好的，但也不會是世界上最差的，無論是美國的英文新聞主播、台灣的中英會議口譯員、你在路上擦肩而過的 ABC，所有講英文

的人，都有進步空間，都可以讓口條變更好、詞彙更豐富。這道理就跟你我的中文一樣，即便已經是我們的母語，每個人的中文程度還是有差，還是有進步空間的。

以這樣的心態看待英文學習，你才能看見自己的節奏，接受目前的能力，然後抱著這樣「**進步式**」的思維，不斷在生活中享受怦然心動的英文學習素材。而且別忘記，跟你抱著一樣心態生活學習的人，有你、有我、有這本書的讀者群、有《聽新聞學英文》的聽眾，這幾十萬的人都是你的學習好夥伴，We're your English learning buddies!

## 輪到你了

想想你曾經認真學習英文的時刻，即使只是為了英文考試苦讀也好，要記得你一直以來也盡力在台灣學英文了，對自己溫柔一些。接著多蒐集令自己真正心動的英文學習素材，讓英文融入你的生活之中。再順著自己的節奏，持續進步，只跟過去的自己比較，在賓狗及所有讀者的遙相陪伴之下，一起享受英文自學的成長過程。

## 1-3

# 講話有口音，
# 你不敢開口？
# 只要發音夠正確，
# 口音就是你的獨特

### 你喜歡自己的口音嗎？

　　英文學習的世界不時會出現口音相關的辯論：到底英文學習者應不應該「消除」自己的口音腔調呢？語言就跟所有人文藝術一樣，有各種詮釋，卻沒有標準答案，所以口音相關的辯論，也有各種看法。有人說絕對要消除口音，要講標準美國腔才行，畢竟多數人比較聽得懂美國腔。不過話又說回來了，這也不代表美國腔就是標準呀，全球的英語母語人士說著各式各樣的腔調，光是美國國內就有不同加州口音、南部口音，更別忘記英國腔、新加坡腔、印度腔、澳洲腔等等各種口音，英語母語人士腔調十分多元，所以**講英文有口音，其實是自然而正常的事情**。

這也是爲什麼有人會說，口音是一種文化背景標誌，不該抹除，而且英文的本質是溝通工具，只要可以順利傳情達意，有一些口音並無妨。其實這就是重點啦：對台灣學生來說，想要順利表情達意，比較理想的作法是接受自己的台灣口音，但是盡力學習正確的發音。

## 口音 vs. 發音

口音這簡單兩個字，其實包含許多面向，拆解開來至少包含：發音、音調起伏、聲音共鳴方式。是的，發音只是口音的一小個環節而已。以下就用同一個句子，比較美式跟英式兩種腔調有何不同。

**I was so drunk last night. I can't remember a thing.**
（我昨晚太醉了，什麼都不記得。）

你說過這句話嗎？講這句話的人，可能是眞的喝得爛醉，但也有可能是告白失敗後假裝什麼都不記得（誤）。這句話在美國腔與英國腔之下，發音、音調起伏、聲音共鳴都有所不同，我們先看**發音**部分。從多數人熟悉的美國腔開始，美國人說這句話，last 會唸 /læst/、can't 會唸 /kænt/，也就是所謂的蝴蝶音；但英國腔之下，last 是 /lɑːst/、can't 則是 /kɑːnt/，蝴蝶音變成像 hot 的 o 所發出的聲音。另外，remember 的尾音在美國腔裡是 /rɪˈmembɚ/，最後面的 ber 有會有很明顯的捲舌音，但英國腔則是

/rɪˋmembə(r)/，將捲舌音淡化。你可以看到，光是這一句話，美式跟英式口音就有這些發音差別。

　　不同口音之間，除了發音不同，**音調起伏（intonation）**也會不同。所謂音調起伏，可以用中文的「抑揚頓挫」概念來協助理解。我們講中文的時候，會透過抑揚頓挫來傳達語氣，例如：「你還沒洗澡嗎？」這句話，純粹好奇發問時，語氣比較平緩、音調也比較低，但如果今天是我在嫌棄Leo躺在床上滑手機、拖拖拉拉一直不洗澡（Leo每晚必經儀式），這句「你還沒洗澡嗎？」音調就會比較尖銳，我咬字可能也更用力，好像咬牙切齒一般，這就是中文抑揚頓挫時，可以帶來的溝通效果。

　　英文的音調起伏也是如此，它能幫助我們傳達更多的細節、語氣以及情緒，而各種英文的腔調也有不用的音調起伏習慣。像是美國加州口音之中，即使是肯定句，句尾也會上揚，所以上面這句「I was so drunk last night. I can't remember a thing.」的兩個句尾都會上揚，明明是肯定句，卻好似問句「May I help you?」這樣的句尾上揚語調。相較之下，在英式口音之中，兩句的音調起伏則是在句尾語調下沈，是肯定句結尾時常見的音調起伏方式。

　　除了發音與音調起伏之外，不同口音的母語人士，**習慣發音共鳴的位置也不一樣**。你沒聽錯，就跟唱歌一樣，我們說話發出聲音，也是透過身體發出共鳴，而每個腔調

側重的共鳴腔不太一樣，例如美國腔鼻音比較重，英國腔則運用比較多喉音，而這些共鳴腔的不同，也會影響到你的英文聽起來「道不道地」。

## 發音務必正確

認識了英文腔調的細節之後，回到台灣人身上來討論。如果你覺得自己有台灣口音，需要調整腔調嗎？這就要看你的台灣口音嚴不嚴重，會不會讓人聽不懂，而那個分水嶺就是你的發音。簡單來說，最基本的要求，就是**發音要正確**，至於音調起伏及聲音共鳴等比較進階的面向，可以先睜一隻眼閉一隻眼。

發音一定要正確，才能讓人聽懂你想說的話。如果我的口音問題，是發音不標準，把 /æ/ 都唸成 /ɛ/，那麼我說 You bet!（當然啊）的時候，你怎麼知道我是說 You bet 還是 You bat 呢？在這個疫情時代，要是有人認為自己被比喻成蝙蝠，他還不氣到把你血吸乾嘛！這樣的發音錯誤不只影響到溝通效果，還影響到人身安全（怕）。

你可以找個喜歡的母語口音或腔調，美國腔、英國腔、澳洲腔都可以，讓你的發音更靠近某一個系統。為什麼要讓發音有個系統呢？又為什麼要「靠行」某個常見的母語口音呢？這都是為了讓你的溝通對象順利接受你想傳達的訊息。當你的發音有系統，唸各種母音和子音的時

候，做出該有的差別，聽眾就能快速聽懂你說的話，你才能抓住他人的注意力，發揮屬於你的影響力。

## 口音沒有絕對

值得注意的是，就算你發音都正確，還是可能有所謂的台灣口音，因為就像前面提到的，口音這兩個字，包含的面向遠超過發音，它還包含了音調起伏、聲音共鳴，甚至還有省略、連音習慣等更多面向。這些發音以外的面向，能調整到接近母語人士自然是件好事，溝通會變得更順暢，但如果做不到或是沒興趣往這方向努力，是可以給自己放水的。

就像知名的英文學習podcast《All Ears English》所說的，學英文的健康心態應該是connection not perfection，**學英文是為了溝通、與人產生連結**，並不是追求完美和炫技。以「溝通」為目的來說，如果你發音都正確，只是其他面向有些台灣口音，其實多數人都能順利和你交談，並在開心的氣氛中建立人際連結。

舉例來說，剛剛的句子「I was so drunk last night.」在一般母語人士口中，last的t會弱化到幾乎不存在，像是/las-naɪt/這樣的聲音，而如果你沒有弱化last的t，唸作/last-nait/，聽起來就不那麼道地，就會有所謂台灣口音。可是，即使你沒有省略弱化，句子音調起伏不自然，共鳴

不夠漂亮，但單字發音都正確易懂，你還是能順利傳達訊息、發揮影響力。

甚至，我們可以培養這樣的文化信心：如果你發音正確，但有一些台灣口音，從外國聽眾的角度來看，也蠻有異國風味的呀。就像是法國腔、德國腔等等英文，只要發音正確、表達流暢，其實那一點點腔調還滿有魅力的呢！那是一種異國文化的標誌，也代表你這位非母語人士很聰明，能用英文這個外語溝通。再說得大膽直接一點，只要你發音正確、表達流暢、自信滿滿地說英文，些許的口音，反而是種獨特的魅力。

## 調整心態，再向前進

當然，如果你的夢想就是進化到接近某種母語口音，沒有問題，你就開心地學、往那裡邁進，畢竟道地漂亮的口音對溝通、交友、經商都很有幫助，因為對外國聽眾來說就是很好懂、很熟悉，而熟悉就會產生好感！但要注意的是，即使你有這樣的母語口音夢想，也千萬不要嫌棄自己原本語言帶來的口音，因為一旦討厭自己的口音，反而可能不太想開口說英文，到頭來連發音跟流暢度都沒練好。若是有人掉進這種高期待、低信心的學習窘境，那我會奉勸他，與其做母語口音的白日夢，還不如去簽樂透！

簡單來說，你可以不斷趨近某一套母語口音，但也要接受自己永遠可能透露出一些台灣口音，這樣的你能達到溝通目的，同時會不經意散發你的台灣文化霸氣，有沒有很帥？希望你我對自己的口音，可以有這樣健康的心態。

## 輪到你了

如果你想更認識自己的口音，你可以朗誦一段英文，錄下來聽聽看，自我診斷一下發音。如果你的發音不正確，那真的就要好好下功夫了；若你發音大多正確，恭喜你，你已經是很棒的溝通者啦！如果聽起來仍然不太道地，問題可能就出在音調起伏、共鳴位置以及省略連音等面向啦。

無論你的診斷結果如何，本書第二章會分享，練習英文口說的方法，讓你說出一口道地流利的英文。記得帶著這一小節中肯定自己的正面心態，到第二章繼續提升英文口說唷！

# 學校教的文法太難了？
# 你不孤單！
# 賓狗帶你突破盲點

## 令人愛恨交加的文法

　　許多學生與英文文法的感情是一言難盡、又愛又恨，非常複雜難解的愛恨情仇。對於台灣人來說，瞭解文法有助於掌握英文這個語言的大原則，可以讓學習外語的過程更有效率，所以我們是重視文法的、是愛它的。可是文法的規則與變化，有時卻令人難以理解、怎麼背都背不起來，有些人就開始質疑為什麼要學文法呢？早知如此，何必相愛呢？（誤）

快速整理一下學生常問的文法問題：

1. 為什麼要學文法？
2. 為什麼文法這樣規定？
3. 到底要怎麼背？

這些複雜的感情問題，賓狗來為你抽絲剝繭、一一回答。

## 為什麼要學文法？

有些人會質疑，真的有必要學文法嗎？英文母語人士也不懂文法呀，可是他們講得很好耶！確實，多數母語人士都沒特別學過文法，像是多數台灣人的母語是中文，我們也不太懂中文的文法，甚至有些台灣人會說，中文才沒有文法呢。不過，實際上中文也是有「文法」的，只要翻開華語文教學的課本，就可以看到書中整理中文的文法，所以外國人如果是透過課程學中文，也有機會認識中文的文法原則。

那麼學外語的時候，一定要學文法嗎？我認為不一定。學習語言確實可以透過**大量沉浸式的學習**，更自然地把語言學好，但是偏偏台灣社會主要以中文溝通，再來是台語，英文暫時是進不了溝通工具排行榜，所以要在台灣

這個環境達成大量沉浸式的學習，也就是大量聽說讀寫，實際上並不容易。而且，要完全靠自己的觀察，從外語字句中理出個頭緒或句子結構的原則，實在非常耗費時間和心神。也就是說，**文法其實是台灣人學習的工具**，而不是一份學習壓力。在非母語環境下學英文，可以透過文法概念加速理解英文，掌握英文溝通的大原則，這才是文法應該扮演的角色。

講到這邊，也會有學生表示，很多英文母語人士講英文的時候，也會犯文法錯呀，那麼何必學文法呢？確實，母語人士說的英文，未必全然吻合我們在課本中學到的文法，難道他們都說錯了嗎？是的，他們可能是錯了。聽起來很意外，母語人士怎麼可能犯錯？但你回頭想中文的世界就可以理解了，多數台灣人的母語是中文，可是很多人也常寫錯字，「再」、「在」不分，成語誤用，或是說出像是「那個是什麼？你旁邊。」這種結構詭異的句子。英文母語人士當然也不是完美的，也是會犯文法錯或是誤用單字，這邊剛好也是一個排毒的機會：**我們不要完美主義**。犯文法錯誤的時候，也莫驚、莫慌、莫害怕，因為母語人士也會犯錯，沒什麼大不了的。

不過，有些人觀察到的文法「錯誤」，可能並不是真的錯了，只是幸運窺見了文法外的世界、見識到語言的自由奔放。

## 為什麼文法這樣規定？

　　有些學生會邊學文法，邊抱著抗拒不滿的心態，覺得憑什麼文法要這樣規定，為什麼第三人稱單數的主詞出現時，後面的動詞就要加 s？又為什麼關係代名詞要這樣那樣使用？時態幹嘛搞那麼複雜！我懂這樣的煩躁感，因為表面看過去真的會有種錯覺，認為文法簡直就是「暴君」，武斷又不講理，制定一堆規定來控制英文表達的方式。然而，這完全是誤會呀！與其說文法是「暴君」，文法更像是你的「忠臣」，讓你在英文學習的王國，成為名留青史的「聖君」。

　　在台灣這樣的環境下學英文，很容易忘記英文是個語言，這是因為我們生活中用不太到英文。而真正開始大量接觸英文的場合，是學校與教室，目的則是為了考試。因此，我們容易忘記語言跟文法的關係是人類開始運用語言溝通之後，各種語言先誕生，才慢慢出現文法來研究歸納語言使用的原則。換句話說，**文法不是語言的法律，是觀察語言的使用方式後，整理出來的原則。**

　　這也連結到前面的討論：母語人士的英文未必完全合乎文法，並不只是因為他們也會犯錯，更是因為語言本身總是自然而富有彈性的，**語言是走在前頭、不斷變化的，文法只是跟在後面統整解釋，讓外語學習者或語言學家使用的工具。**文法是學習語言的工具，不是拿來綁死語言的

律法。我很喜歡這樣比喻：英文就像台北101大樓，而文法則是我們手中的101大樓模型，這個模型很方便，可以讓我們拿在手上，快速理解101大樓的構造和設計，但我們總不能拿這個模型作為標準，去指正101大樓的建築設計，對吧？

正確理解文法在英文學習中扮演的角色後，接下來是你最關心的問題：文法到底要怎麼背？

## 文法到底該怎麼背？

由於學校會考文法，所以無論是學生或出社會的我們都認為文法要背起來，背起來就會考高分，考高分就表示英文很好，高中時期的我也是抱著同樣想法狂背文法，也確實靠著死背硬記，考出好成績。不過，上了大學之後，課程變活了，必須開口用英文表達、動筆寫英文報告時，就會發現死背的文法，其實無法活用。

從1-1聊的「怦然心動的學習素材」，到這一小節探討文法在英文學習中扮演的角色，你發現了嗎？其實文法根本就不該「背」，因為單純只是死背文法規則，平時卻不接觸英文的話，很快就會忘得一乾二淨。更甚之，就算文法通通背熟，也不一定能轉化成在生活或職場上的溝通能力。既然如此，應該如何面對文法呢？

學習文法其實需要的是**「理解」**及**「建立印象」**，不需要背得滾瓜爛熟，真正的重點是**養成持續閱讀及聆聽英文的習慣**，讓你在怦然心動的英文素材中，不斷碰到「野生」的文法例子。用電動遊戲比喻的話，文法的世界不過是遊戲裡的新手村，你不可能在新手村練到一百等級，千萬別留在文法新手村死背硬背呀！你要離開新手村，進到廣大的遊戲世界，大量享受怦然心動的英文影片、podcast、文章或書籍，去看見這些「文法」在英文裡的模樣，不斷熟悉、不斷練習分析理解，你的英文能力才會瘋狂升等，才有機會打敗大魔王。

## 輪到你了

檢視一下，你以前怎麼看待英文文法呢？會不會花很多時間捧著文法書死背，卻不太接觸課本外的英文材料？如果是的話，這樣的學習方式，真的能幫助你寫出文法正確又道地的英文句子嗎？你能勇敢說出流利的英文嗎？基本上，只依賴文法工具書，是不太可能達成這些目標的。不過請放寬心，賓狗會在本書第二章帶你打造專屬於你的怦然心動英文學習生活。

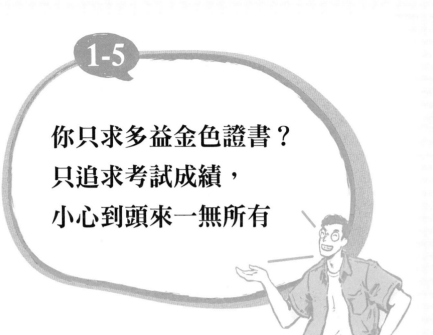

# 1-5

## 你只求多益金色證書？只追求考試成績，小心到頭來一無所有

### 英文就是你的仙人掌

　　你種過仙人掌嗎？我曾經照顧過一株小小的仙人掌，那是我房間裡出現的第一個綠色好朋友，裝在一個美麗的玻璃方形盆栽之中，形狀就像個演唱會中的觀眾，兩隻手舉高高，看起來很有活力。之所以會開始養仙人掌，是因為我聽說仙人掌很好照顧，比較適合初學者。我除了知道別澆太多水之外，沒有再另外研究關於照顧仙人掌的知識，只是隨心所欲「照顧」它，每天滴幾滴水，然後偶爾帶去曬曬窗外灑進來的柔和（不怎麼夠的）陽光。

　　沒想到，才過幾個禮拜，我的仙人掌開始垂頭喪氣，原本像是精神飽滿的演唱會觀眾，在我照顧下卻變成駝背

的老人，鮮豔的綠色也變成了病懨懨的黃色。過沒幾天，駝背的情形越來越嚴重，最後捲成了一個弧形倒在土壤上，正式宣告死亡。

我事後上網研究檢討，才發現原來問題出在我澆太多水了，而且仙人掌需要陽光和風，好把多餘的水氣帶走，我卻把它放在房間裡，又每天定時補過量的水份，才造成悲劇。回頭來看，即使我有心想要把仙人掌照顧好，但在用錯方法的情況下，反而會造成嚴重的危害。

## 水澆太多，反而會枯萎

而學英文就跟照顧仙人掌一樣，不是靠拚命努力就能夠做到，而是要給它**真正需要的養分與元素**。

很多台灣學生在學習英文時，只想追求考試成績，學習方式也只會讀課本和參考書、寫模擬考題、死背文法規則。若把英文能力比喻成你培養的一株仙人掌，那麼課本、參考書、考題和文法就是水分。仙人掌確實需要水分，但水分若是過多，仙人掌反而會嗚呼哀哉。換句話說，如果一直強迫自己閱讀無聊的教材，不但會扼殺對英文的興趣，考試成績恐怕也不會有太大的起色。

想要讓這株英文仙人掌健康茁壯，拿到好成績的話，你必須在學校教材之外，**找到讓自己怦然心動的英文學習**

**素材**。而這些能夠讓你怦然心動的讀物，就是仙人掌需要的陽光和風，你要給它足夠的日曬和吹拂，英文仙人掌才能精神奕奕陪伴你。就像前幾節提到的，英文是一個活生生的語言，不只是一個考試科目，所以只接觸煩悶無趣的課本是不夠的，要透過英文接觸更多讓你怦然心動的題材，才能感受到英文在生活中的多元樣貌，也能夠自然而然增加接觸英文的時間，進而輕鬆考出好成績。

　　我在《聽新聞學英文》節目中曾經訪談過如阿滴等知名英文教學網紅，他們都不約而同表示，自己從以前就喜歡英文，沒有把英文當作一個科目去硬學。這樣不把英文當作考試科目去學習的人，卻往往是英文成績最好的一群人，可見英文這株仙人掌，不是靠每天灌水就能茁壯。

## 可是有些人靠硬背，考到了不錯的成績耶？

　　有些仙人掌的命很大，即使亂照顧一通，也還是能夠存活下來。我知道有些學生就算只讀學校的課本和講義，最後還是得到很好的考試成績，因為賓狗我本人就曾經是這樣的學生。然而，正因為我是過來人，所以更清楚這樣死記硬讀的傷害有多大。

　　我在高中的時候，靠著學校冷冰冰的教材硬撐上了台大，但這樣累積出來的應考能力，並不是真正的語言能力。我在進入台大外文系之後，很快就接連遭遇挫折，聽

說讀寫上都差人一截，畢竟系上的課程和活動都考驗著靈活運用英文的實力，不是只要會填選擇題就能夠應付。

另外，每個人對英文的興趣跟天份都不相同，不一定都能硬撐出好成績。若只讀課本及參考書，很有可能限制你的英文分數進步空間。再者，如果你高中畢業後，沒有進入外文系，後果恐怕更慘烈。你或許聽過，許多學生到大二之後就會感嘆：「高中是我英文最好的時期。」為什麼？因為當初他們只為考試讀書，沒有養成英文自學的習慣，一升上大學，青春無限好，忙學業、社團、談戀愛都來不及了，誰想苦讀英文呢？如果不是英文科系，誰會有動力讀英文呀？很快就把高中學到的英文忘光光啦。如果不懂怎麼怦然心動學英文，把英文融入生活之中，多數人是一年年過去，英文能力已經耗損到完全不成形，仙人掌已經乾到化成灰，然後帶著這樣的語言能力畢業進入職場，求職跟升遷因而大受侷限。

或許有些人覺得，反正我又沒有要進外文相關科系，只要大考的成績顧好，不就行了嗎？很多人不也是大考完之後，就把數學公式都忘光光嗎？我找個不需要講英文的工作就好了呀！聽起來有道理，但很可惜，英文目前仍是國際上相當活躍的通用語言，無論是想要在網路上找資料、出國旅遊或職場溝通，英文能力都還是非常重要的工具，沒辦法像數學公式或化學元素表那樣忘記就算了，英文會隨時在人生的轉角堵你，早晚都要面對的。

## 若是以多益檢定為目標呢？

許多學生在通過高中大考之後，會因為大學的畢業門檻、申請交換學生、求職升遷等各種原因，開始以多益、托福、雅思等各種英文檢定作為目標學習英文。不論是希望低空飛過，或是想要拿到各種金色證書，有個目標跟動力絕對是件好事，但是如果沒有讓英文以怦然心動的方式融入生活之中，還是會學得事倍功半，學習過程高壓又煩悶。

其實英文檢定跟前面提到的學校考試，是同樣的道理。當你想到英文時，如果腦中只浮現跟語言檢定相關的無聊素材，久而久之，學習英文就會成為乏味的負擔，能夠進步的空間也會相當有限。另外，如果你一直都只是用考試來逼自己學英文，一旦通過檢定或是拿到金色證書之後，你還能拿什麼來督促自己學習英文呢？

更別忘了，通過這些英文檢定門檻的你，將來的工作或讀書環境，是必須大量活用英文的地方，所以你必須為考試之後的人生，養成自學英文的習慣。

## 怦然心動的學習素材，會帶來意想不到的變化

能夠讓你怦然心動的素材，一定是你真正在乎或喜歡的主題，而因為你喜歡其中的內容，所以會心甘情願多聽多讀，自然而然在腦中累積許多相關的詞彙與句子。當你

漸漸能夠用英文談論喜愛的事物，就能建立起學習英文的成就感及興趣。

　　一旦建立良好的自學習慣和基礎功力，面對各種語言檢定其實是很輕鬆的。我在台大外文系的大二及大三期間，考了多益及托福兩個語言檢定。報名多益之後，我就到書店挑一本順眼的模擬考題，應考前簡單寫兩到三屆模擬試題，就得到900分的多益金色證書了。乍看之下，我好像不認真準備，但其實當時我已經實行怦然心動英文學習法將近一年的時間，生活中不斷接觸喜歡的英文素材，所以實際上我花了非常多的時間，用真正開心的方式，把英文底子打好。這樣的我，面對語言檢定考試時，就只需要熟悉考試題型、掌控答題時間，就能輕鬆拿到好成績。在外人眼中看來輕鬆的備考過程，其實是長期開心學英文的成果。

　　**輕鬆應考不是學霸的專利**，只要你平時接觸真正感興趣的英文題材，累積活用英文的實力，那麼遇到要接受語言檢定考試的時刻，你只需要熟悉題型、鍛鍊解題技巧，讓你的英文實力盡可能反映在分數上，這樣你就可以和賓狗一樣，帶著從容的心情應考，一舉拿下高分。

　　簡單來說，只為考試而讀書，是吃力又不討好的。而若平時能用怦然心動的方式學英文，考試時反而更容易拿到好成績。

## 輪到你了

來檢視一下自己的英文學習方式吧！如果你是學生，你手邊有哪些學習英文的素材呢？如果距離大考還有很多時間，不妨開始著手尋找專屬於你的怦然心動英文學習素材吧。這樣一來，等到要考前衝刺時，你的英文實力早已不同凡響，備考會輕鬆很多唷！

接下來第二章，賓狗會手把手，帶你尋找專屬於你的怦然心動英文學習素材，並且帶你建立原子習慣，讓英文自然而然進入你的生活之中，成為不可或缺的美好存在。

# 第二章 學習篇

## 不出國打造自己的英文生活

## 2-1

# 追劇萬歲，
# 聽歌無罪

### 怦然心動的英聽生活

　　想到英文聽力，你眼神是否閃爍、眉頭是否緊皺、肌肉是否緊繃？台灣學生一聽到英文就害怕，主要是因為學校訓練不足，而人生中少數聽到英文的時光，則是坐在教室裡接受英聽測驗。如果英聽在生活中，總是讓人感到壓力緊繃，你怎麼可能願意多花時間聽英文呢？欸人很聰明，都是趨吉避凶的。不過，現在的你有了「怦然心動英文學習法」，你可以根據1-1學到的三步驟，找到專屬於你的怦然心動聽力素材，接著建立良好的原子習慣，融入生活之中。

## 尊重自己的喜好

要讓英文聽力變成開心有趣的活動，首要工作就是除舊佈新，為自己的英聽自學素材「換血」，也就是對應到 Spark Joy Method 的第一步 **Letting go** 以及第二步 **You make the call**。Letting go 要做的事情是，將目前的英聽素材整理成一份清單，一一檢視問自己：**Does it spark joy?** 你可以參考這個標準：在下班下課沒人逼的時間裡，你會忍不住想要聽的影音內容，就是你 spark joy 的素材，把它留在清單之中，右上角打個小星星。相較之下，如果某個素材只是為了考試而聽，其實讓你覺得很無聊，那麼它就不適合作為自學的材料，請對它說聲：Thank you! 感謝它幫助你準備考試，但在生活中享受英文自學時，我們不需要它，把它劃線刪除掉。這邊我分享一份模擬範例，給你參考：

1 某某英語學習雜誌搭配的英文音檔
2 學校課本搭配的英文音檔
3 時事脫口秀《上週今夜秀》(Last Week Tonight) ★
4 公司裡（無聊的）英聽內訓課程
5 Podcast 節目《A Slight Change of Plans》★

就這樣一一檢視你清單上的英聽素材，讓清單上只留下令你怦然心動，想到就眼睛一亮的素材，這樣你就完成了第一步 Letting go。接著是第二步：You make the call. 由你決定。只要是令你怦然心動的英文素材，就是最好的學習素材。推薦你可以從自身下班下課後會從事的休閒活動，或是欣賞的影視書籍作品去觀察，看看自己最喜歡什麼主題，並用這些主題在網路上尋找令你喜歡的英文素材。

## 如何搜尋新的英文學習素材

　　假設你觀察後發現，在工作或上課一整天累了之後，你蠻喜歡聽華語歌或是看韓劇，也就是說，音樂跟戲劇是令你怦然心動的作品，那麼你就可以從這兩個主題下手，去找英文世界裡對應的作品，增加聆聽英文歌及觀看英文影集的時間，自然而然吸收英文及其文化。以英文歌來說，你可以運用各大音樂平台的西洋歌排行榜，聽聽有沒有喜歡的旋律；影集或電影的部分，如果你有訂閱Netflix或Disney+等等影音串流平台，你也可以輕鬆點進歐美影集的分類，逛逛有沒有好奇的主題或喜歡的演員作品。下次想放鬆追劇聽音樂的時候，就可以考慮換成這些英文的作品，輕鬆提升接觸英文的時間。延續前面的模擬範例清單，我們加入更多令你怦然心動的材料：

1 泰勒絲（Taylor Swift）的歌 ★
2 美國影集《良善之地》（The Good Place）★
3 時事脫口秀《上週今夜秀》（Last Week Tonight）★
4 澳洲影集《請喜歡我》（Please Like Me）★
5 Podcast 節目《A Slight Change of Plans》★

這樣的一份英文自學清單，裡面滿滿是你用心挑選，下班下課累了也忍不住想看的英文學習素材，不需要多少意志力去強迫學習，這樣的自學計畫才容易長長久久。不過，讀到這裡的你，也可能覺得這份清單很普通，並沒有讓你眼睛為之一亮，這是極為正常的。因為你很獨特，你喜歡的主題與作品，必然跟我有所不同。上述範例清單，並不是一份建議使用的英文學習素材，關鍵是運用範例中尋找素材的方式與精神，設計出專屬於你的怦然心動英聽學習清單。

寫出一份閃閃發亮的清單後，接下來的重點就是怎麼練習，才比較有效率。

## 循序漸進關字幕

聽歌看劇要怎麼練英文聽力呢？你將學到輕鬆有效率，而且非常實際的作法。很多台灣學生看美劇和電影不敢關掉中文或英文字幕，非常依賴它們的輔助，而關字幕這件事之所以難，有兩個原因。第一個原因是「害怕」。台灣的電視中文節目，也都會有字幕，在台灣長大的你我，都非常習慣有字幕存在，這也使我們很習慣用視覺接收影片中出現的對白。今天連中文節目我們都習慣依賴字幕了，更何況是比較難聽懂的英文電影或影集呢？關字幕當然很可怕，這樣的心情，我懂。關字幕很困難的第二個原因是「不有趣」，一關掉字幕，我們可能就看不懂英文

電影或影集的劇情。看不懂又跟不上，就無法享受劇情，說不定看一看還會打瞌睡呢。

接下來，賓狗會正視並接受你的恐懼，帶你解決「害怕」跟「不有趣」兩個問題，立刻來揭曉比較實際合理的作法：你蒐集到喜歡的英文影劇之後，發現不容易聽懂，所以不太敢關字幕，這時候該怎麼辦呢？以一般的英文電影或影集來說，賓狗的建議就是，**先開著字幕看一次**，等看完一次，都瞭解劇情之後，**第二次重看時再把字幕關掉或遮住**。

說白一點，第一次看的時候，你就好好享受劇情吧，中文或英文字幕就打開吧！這是為了你晚點或是隔天重看第二次的時候，可以勇敢關掉字幕而做的事前準備，因為關字幕困難的原因是「害怕跟不有趣」，如果循序漸進慢慢來，先看過一遍掌握劇情，那麼就算晚點關掉字幕時，有些字句太快你聽不懂，還是可以享受劇情與故事呀。而且這樣的聽力練習，其實就像是在重複回味喜歡的作品，在沒有字幕的狀況下，甚至可以更認真品味演員的表情、互動與畫面，而「關字幕練習聽英文」就僅僅成為你重複回味作品時，帶來的附加價值。如此一來，關字幕練英聽就變成 spark joy 的一件事啦。

第一次開字幕

第二次關字幕

## 第二次才關字幕，有效嗎？

很多學生會問：「我都看過一次了，這樣練習有效嗎？」賓狗跟你保證，有效！第一個原因：雖然看過這個電影或影集一次了，但你不可能清楚記得作品中的一字一句，所以你第二次看的時候，仍然需要打開耳朵聽英文句子的意思，因此仍然是種聽力練習。第二個原因：字幕關掉之後，我保證你還是會有聽不懂的地方，所以挑戰仍在，但這個挑戰也不會大到影響你繼續享受作品，你便因此可以繼續怦然心動、自然多聽英文。

第三個原因：這是一種基礎訓練，It's your first step! 有踏出這步，絕對比一直不敢關字幕來得強，也比第一次看就關字幕，結果卻快速放棄再也不練英聽，來得強非常多。當然，等你習慣關字幕、信心增長之後，也可以挑戰第一次就關字幕。這邊也進一步提醒，這個開關字幕的聽力練習，可以滾動式調整、來來回回嘗試。如果你聽力變強了，想挑戰第一次看電影就關字幕，你可以先挑比較簡單的英聽素材，例如愛情喜劇《艾蜜莉在巴黎》（Emily in Paris），劇情單純、對白簡單，是合適的素材。至於比較難的素材，比如說科技黑暗影集《黑鏡》（Black Mirror），則建議暫時依照賓狗分享的作法，第二次重看時再關字幕，才不會看得一頭霧水。相信你能為自己拿捏跟變化。

值得提醒的是，第二次關上字幕重看時，你很可能會聽不懂一些細節，這時請記得，先追求理解大意、跟上劇情就好，先讓自己沉浸式地多聽，不求地毯式聽懂一字一句。只要好好享受故事，你的耳朵就會忍不住去抓那些英文的聲音，用這樣的方式，你就可以不斷地練習關字幕聽英文，而且過程是放鬆且安心的。

## 聽英文歌也能練聽力

除了看劇、看電影之外，聽西洋流行歌也可以提升英文聽力唷。聽英文歌能幫助我們認識英文的發音、連音以及省略等技巧，加強熟悉的程度，也能提升對英文的好感度。如果你喜歡聽英文歌，找到了令你怦然心動的歌手或曲目，你就能用下列方式練習英文聽力：第一步，**好好享受旋律吧！**享受聽歌的過程，我們的耳朵自然會嘗試理解歌詞內涵，這樣不由自主想要理解歌曲訊息的渴望，是很棒的學習動力。

第二步，**閱讀歌詞吧**。多聽幾次之後，一定會有聽不懂的地方，畢竟英文歌還會有旋律及配樂等干擾，對聽力理解形成額外的挑戰。這時候，就理直氣壯地去查詢歌詞吧！你可以在網路或 YouTube 上搜尋英文歌詞或歌詞版影片，讀讀完整歌詞，看看聽不懂的部分究竟寫了什麼，好好享受歌詞完整的訊息。很多時候，會讀到意想不到的驚喜訊息呢！（或是發現從小到大聽的歌，原來這麼騷。）

第三步，**聽連音及省略等細節**。喜歡的歌，我們會重複聽，讀完歌詞之後，相信你還是會重複去點播這首喜歡的歌。對於看完歌詞的你而言，以後每次聽這首歌，都是一種複習，你會複習到漂亮的英文發音，也會更熟悉英文連音及省略等特色，這些都會是你英文聽力及口說的重要養分。

## 只求有，不求多

現在你找到怦然心動的英聽學習素材，也掌握了練習方式，接下來就是要運用 Spark Joy Method 的第三步：Nothing's too small. 每天一小步，讓英文自然而然融入生活之中。所謂每天一小步，就是運用第一章提到的「**原子習慣**」概念，把你心中宏大的目標，拆解縮減成小小的任務，每天持續規律地執行，變成小小的原子習慣。以英聽學習來說，假設你的學習目標是「輕鬆聽懂英文，跟外國人對話」，欸這可不是一夕之間能做到的事情呀！比較實際又怦然心動的作法是，把它拆解成每天可以做到的原子習慣。

對每個人來說，原子習慣的設計方式不同，以下讓你參考賓狗的學生 Mike（化名）如何為自己設計原子習慣，並在生活中持續聽英文。Mike 是位軟體工程師，常常加班，我們視訊上課時間通常約晚上九點半，因為那是他吃完晚餐的時間。Mike 雖然很想加強英文能力，但是

生活如此忙碌，每天下班回家都累壞了，週末寶貴的休假時間，也希望可以出去走走運動，因此，開始上班之後，他每週都想著要練英文聽力，想打開英文新聞影片練習，但實際上一週卻聽不到五分鐘的時間。

　　瞭解這樣的狀況後，我將「怦然心動英文學習法Spark Joy Method」傳授給Mike，他觀察生活，發現自己對魔法相關的故事非常著迷，特別喜歡《怪獸與牠們的產地》（Fantastic Beasts and Where to Find Them）這一系列的電影，於是Mike就依照Spark Joy Method三步驟，將《怪獸與牠們的產地》設定為英文學習素材，準備循序漸進關掉字幕。你在前面段落中也學到，關字幕聽英文，需要的是勇氣，不是魯莽躁進。所以Mike先搭配英文字幕，純粹開心地沉浸在這部電影的魔幻世界中，複習好劇情之後，就準備關掉字幕，重新欣賞這部電影。

　　這時候問題來了！Mike工作與生活十分忙碌，一部電影又那麼長，每天回到家都很晚，實在沒時間看完一整部電影，而週末雖然能擠出時間看完一部電影，可是在沒有字幕的情況下看完一部電影，還是有壓力、仍然會害怕，這是Mike真實的困擾。而我給Mike的建議是：尊重自己的心情，然後把宏大的目標，拆解成輕鬆無壓力、能在他現下生活中實際執行的原子習慣：我請Mike每天洗澡前，按下《怪獸與牠們的產地》播放鍵，聽一句英文。

是的，每天洗澡前，按下播放鍵，聽一句英文就好，就是這麼「原子」、這麼小的一個生活習慣。當時跟Mike約定好這個英聽原子習慣，我們一週後再次上課時，Mike跟我回報說，他過去一個禮拜中，共有五天晚上都順利播放《怪獸與牠們的產地》，聽至少一句台詞，但他也說到，其實播放鍵按下去聽一句之後，很容易想要多看幾分鐘耶。每天的目標雖然只是一句台詞，但很容易輕鬆達標，甚至超越期待。

這就是原子習慣的威力，就像是對自己說說小謊、玩個小伎倆，只要降低你的心理壓力，相信「**每天做到這個原子習慣就是功德圓滿**」，自學就變成很 spark joy 的事情。原子習慣讓你總是能達成目標，每天很踏實地前進，感受到學習的喜悅，因而長久持續下去，這絕對就是英文自學的不二法門。相信你光是閱讀Mike的故事，就能感受到原子習慣的魅力，它降低你心裡的障礙，讓你安心踏出第一步，之後就忍不住往下持續做。

## 原子習慣的陷阱

原子習慣的魅力是，你會忍不住多做一些，比預設的目標還要多，一不小心，每天聽一句變成聽十分鐘，原子習慣變成分子習慣；再不小心，聽十分鐘變成聽一小時，突變成核子習慣。一開始會很有成就感：「哇我每天都練好多」，但千萬小心，這樣的喜悅可能變成陷阱。如果你

一開始設定的原子習慣，是每天聽一句，那麼你每一天都要將心裡的期待「歸零」，回到你最初的設定：每天只要聽一句就是達標。絕對不要因為昨天看了十分鐘的英文電影，就偷偷在心裡預設此後不能只聽一句，每天必須要聽滿十分鐘。

這是因為，最初設定原子習慣目標的時候，你很用心檢視生活、工作或學業壓力，很務實地考慮進去，並訂下對你而言沒有心理負擔的原子習慣，讓自學的每一天都達成目標，甚至超越期待。如果，你因為某幾天有餘裕而多練習了一點，就輕易把每天的目標拉高，那麼你的原子習慣就不再原子啦，很可能漸漸覺得壓力太大：「我下班哪有力氣再關字幕看十分鐘的電影呀！」最後又漸漸放棄，與英文漸行漸遠，簡直比悲傷更悲傷。我們不要那樣！**英文自學是比氣長的**，絕對不要三天打魚、兩天曬網，應該要每天將你的期待歸零，只要達成最初設定的原子習慣，就為自己喝采。

值得注意的是，上述心態並不是「限制」你每天的練習量唷！如果你每天都聽超過一句英文台詞，甚至聽到十分鐘之長，當然是好事一件，這也是原子習慣的本意。所以關鍵是你的目標，必須是連下班疲勞時，也能達成的原子習慣，才能持之以恆自學下去。等到一兩個月過去，你幾乎天天都能開心達標聽英文，這時候你就可以考慮重新設定原子習慣，變成每天看五分鐘的英文電影，循序漸進

慢慢增加，尊重你的生活與心聲，持續以原子習慣的精神
自學下去。

## 賓狗的英聽原子習慣

很多學生會問我的英聽原子習慣，希望能作為參考，
我就來大方分享。每天我安排至少三組的英聽原子習慣，
第一組是早上工作完準備吃午餐前，我會選一個時事脫
口秀，按下播放鍵，而通常我會選約翰・奧利佛（John
Oliver）的《上週今夜秀》（Last Week Tonight with John
Oliver）或是崔佛・諾亞（Trevor Noah）的《每日秀》
（The Daily Show），因為不僅能跟上國際時事又很好笑。
接著在下午工作時，因為容易昏沉懶散嘛，我就會一邊
聽音樂一邊工作。這個時段，我培養的原子習慣是在歌
單中放至少一首英文歌，偷偷分享，我常常選的是愛黛
兒（Adele）或是泰勒絲（Taylor Swift）的歌。最後就是
晚上睡前的時段，我會選擇一個英文 Podcast 節目，按下
播放鍵，而我睡前常選擇像是《No Stupid Questions》、
紐約時報的《The Daily》或是華爾街日報的《The
Journal》，都是比較沒有情緒起伏的節目，很適合睡前放
鬆聽。

從我的英聽原子習慣中，你可以注意到，我都是用生
活中必做的活動，搭配一個小小的英聽原子習慣：每天都
要吃午餐，那就固定在午餐前聽時事脫口秀；每天下午都

會聽音樂，那就聽首英文歌；每天晚上都要睡覺，那就睡前聽 Podcast。這就是讓英聽融入生活作息之中，培養英聽 spark joy 好習慣的重要訣竅。

## 每個人都不一樣

　　每個人都是獨特的，工作與生活也有所差異，所以適合的原子習慣也不同，因此，如果我的英聽原子習慣，在你耳裡聽起來很累人或是不有趣，都是很正常的事情，你只需要參考我設計原子習慣的精神，不需要也不應該照單全收。你可以依照自己的日常生活習慣，填入令你怦然心動的英文學習素材，在生活中自然接觸到英文就好。建議你一開始的目標越小越好，每天執行一個原子習慣即可，比如說每天洗澡前聽一句英文，只要聽一句，今日就達標，就這樣輕鬆無壓力、天天執行下去。至於英文素材的主題，當然要挑你感興趣的啦，可能是遊戲實況影片、烹飪教學、美妝保養各種主題，你要尊重自己的喜好，並在英文世界中找到相關主題的聽力素材。

## 輪到你了

　　想要找到令你怦然心動的英聽素材，可以在 YouTube 或是各大 Podcast 平台搜尋你喜歡的主題。如果你喜歡新聞，就在搜尋引擎輸入「news」；若對歷史感興趣，可以搜尋「history」；假設你最近很想清理房間雜物，可以搜

尋「declutter」，以此類推。值得留心的是，好的英聽素材不能只是主題吸引你，**它的程度也要適合此刻的你聆聽，不能太困難**。所謂適合的素材，並不是說要簡單到你能聽懂逐字逐句，但至少要讓你能**聽懂六到七成的大意**，才能輕鬆融入你原本就高壓的生活之中，永續自學下去。

很多學生會需要比較簡單但仍道地的英聽學習素材，這時候只要在搜尋的關鍵字中加上「kids」就可以囉！像是搜尋「kids news」或「kids history」，都可以找到非常多國外製作給小朋友聽眾的節目，節目中使用的英文相對簡單、語速也會比較慢，但保證對台灣學生而言，仍能學習到很多單字及用法，畢竟，光是能跟國外小朋友一樣流利，就已經是一大成就了呢！

在養成怦然心動的英聽習慣之後，你可能會想挑戰自己，聽懂進階的全英文新聞，吸收來自全球媒體的新聞資訊。如果你是這樣好學上進的學生，推薦你加入我的線上課程《賓狗陪你練英聽｜三週征服全英文聽力》，或是來收聽《聽新聞學英文》Podcast節目第365集唷。

線上課程
《賓狗陪你練英聽｜
三週征服全英文聽力》

《聽新聞學英文》
Podcast節目
第365集

## 聽多了就會想開口

　　想像你自己是個乾淨透明的玻璃杯，每次聽英文，你就接收到一滴滴清澈甘甜的水珠，而建立起怦然心動的英聽習慣之後，你的玻璃杯每天都會接收到甜美的水。某一天，這個玻璃杯會填滿，水自然會從充滿張力的表面開始潺潺流出，這一刻的你，英文聽多了，有信心有勇氣了，自然會想開口說英文。下一小節，你會學到怎麼自學英文口說，在台灣也能說出一口流利英文！

☐ 列出10部你熱愛的英文影劇，並按部就班關掉字幕吧！

☐
☐
☐
☐
☐
☐
☐
☐
☐
☐
☐
☐
☐

2-2

# 完全免費！母語人士自然和你練口說

## 不出國，也能練口說嗎？

台灣不是英語系國家，在台灣生活的我們，多數時間講中文或台語，不太有用英文溝通的機會，頂多就是在像是西門町、日月潭等觀光勝地遇到外國旅客時被問路，才會講到英文，而且或許好幾年才會遇到一次吧。因此，在台灣生活長大的我們，想要說出一口流利的英文，是需要點小巧思來設計適合自己的練習，而這一小節，你將學到發音除錯、句子韻律節奏以及實戰演練等英文口說自學技巧。

## 音量給他催下去

你看過骨牌嗎？我小時候很喜歡電視上的日本骨牌節目，看到骨牌流暢俐落地推進，就覺得非常暢快，特別

是骨牌從多條軌道併成一條，之後打開一幅富士山的畫，哇，心曠神怡。當然，也會有失誤的骨牌，這時候，鏡頭就會死盯著那個失誤的傢伙，可憐那小小一塊骨牌，竟必須承受全球觀眾的失望眼神，壓力山大呀。

　　如果把英文口說比喻成骨牌，一個個骨牌就是英文單字，整列骨牌就是你說出來的句子。骨牌若想要漂亮地前進並攤開，每一個骨牌都要擺放正確才行，否則骨牌就會卡住或是出現紊亂的速度和節奏；同理，英文句子要順利推進、傳遞訊息，每一個單字也要發音正確，這樣你的英文句子才會在聽者耳中順利形成美麗的畫面。所以，英文口說的第一步，就是**把每個字的發音唸好**。

　　講到學發音，你可能很常聽到老師或是英文學習電視節目說「Repeat after me」，也就是在老師唸完單字之後，要趕緊跟著唸一遍，但這可能是個學習陷阱。學英文當然是要開口練習，但是如果在老師唸一次之後，學生並沒有聽清楚這個字發音的細節就急著repeat，你很有可能只是重複心中先入為主的錯誤發音。換句話說，「Repeat after me」的練習方式，可能最後畫出的是兩條永不相交的平行線：老師朗誦他的正確發音、學生朗誦自己的錯誤發音，難道苦心練習的歲月，就這樣錯付了嗎？

　　想避免掉入這個陷阱，你可以用台大外文系老師史嘉琳精心設計推崇的**回音法（Echo Method）**來取代

「Repeat after me」這樣的練習方式。簡單來說，回音法是要讓學生在張開嘴巴之前，先打開耳朵用心聽，**在腦中回想剛剛聽到的發音**，然後才開口模仿腦中的發音。這樣的練習過程可以拆解成三個步驟：**Listen - Echo - Repeat**，現在帶你模擬一遍練習的流程。

第一步是 **Listen**：專心聽老師或是英文字典的發音，聆聽其中的細節與重音變化。第二步是 **Echo**：不要急著開口練習。先在腦中回想剛才聽到的發音，就像聽見山谷中的「回音」那樣，在你腦裡聽見老師或英文字典的回音。如果你還沒聽清楚，「回音」不夠清晰明朗，就回到第一步，多聽幾次，直到你能夠清楚聽見腦中回音後，才進到回音法的第三步 **Repeat**，也就是全力模仿腦中的回音。在這最後一步，你必須拋下對眼前這個單字和拼音的發音成見，全力模仿腦中回音，設法模仿到唯妙唯肖，而如果一開口，覺得自己模仿得不太好，那就重複回音法三步驟，直到唸出漂亮發音為止，這就是台大外文系老師史嘉琳推崇的回音法。

## 回想美術課的寫生練習

有些學生聽完回音法三步驟，第一個反應是：「這也太嚴苛了吧，開口之前要做這麼多準備，我先回家了再見！」表面上看起來好像是這樣，Repeat after me 看似比回音法輕鬆，但實際上卻恰恰相反，Repeat after me 才是

那嚴苛又不合理的練習方式，回音法則是仁慈又有效的學習方法。想「開眼」看見這個真相，我們必須回想學校美術課的時光。

多數學生應該都在美術課做過素描練習，老師會先請你回家買好一組素描鉛筆，下週帶來學校。隔週，你就帶著鉛筆走進美術教室，看到桌上放著水藍透明的玻璃盤，上面有鳳梨、蘋果及橘子，但這盤水果不是要切來吃的，而是給學生素描寫生的對象。接下來，老師會花個十分鐘講解素描的基本技巧，然後就讓學生動筆畫畫啦！一個正常又仁慈的美術老師一定會把這盤顏色鮮豔明亮的水果留在桌上，讓你不斷觀察其形狀、紋理以及光影，才能畫得栩栩如生，這樣很合理吧？

想像今天有另一位作風特殊的美術老師這樣教素描：學生進入教室時，看不見這盤水果，它被一個木箱子給罩住了。等到學生全員到齊後，老師宣布今天的目標是畫箱子裡的水果，他會把箱子掀起來，但觀察時間總共只給五秒。是的，只給學生五秒的時間觀察寫生的物品，箱子一拿起來的瞬間，即刻倒數：五、四、三、二、一，時間到，箱子蓋回去，什麼都看不到，大家就憑印象素描吧。你說這美術老師是不是太逼人啦？這比搶張惠妹演唱會的門票還難呀，如果沒辦法好好觀摩，是要怎麼畫出栩栩如生的素描畫作呢？

「Repeat after me」的練習方式之嚴苛，其實就跟第二位美術老師一樣。第二位美術老師只給學生五秒的時間去觀摩需要「模仿」的對象，然後就要求學生下筆，但照理說應該要**讓學生多觀察、不斷檢視寫生對象的細節**才對，不該要學生憑著模糊印象，就開始憑空作畫，這桌上的鳳梨要是被畫成火龍果，也不是什麼意外的事了。而如果你也覺得第二位美術老師不合理，那「Repeat after me」的練習方式就更是殘酷不已。你想想，聽完英文發音之後，就要立刻複誦，欸不要說五秒了，連一秒的時間都不到，誰有時間好好聆聽發音的細節呢？結果必然是老師唸一種、學生唸另一種，鳳梨與火龍果各自repeat，反而再次強化了學生心中先入為主的錯誤發音。

這裡列出五個台灣學生常唸錯的發音，大多是因為「Repeat after me」的練習方法太嚴苛，所以沒聽清楚細節。例如mirror（鏡子）這個單字，很多台灣學生會唸成/ˈmɪroʊ/（Mee-row），因為拼音裡面有一個o，先入為主的想法容易唸成/oʊ/，而 Repeat after me 的方式又沒有留足夠的時間讓學生細細聆聽老師或字典的發音，無法聽出在北美腔之中是/ˈmɪrɚ/（MEE-rr)，並不是/ˈmɪroʊ/（Mee-row）。這樣不必要的發音錯誤還有很多，例如在產業討論中常說到的單字 innovation（創新）就容易被唸成/ɪnoʊˈveɪʃən/（i-now-VAY-shn），也是看到o就唸/oʊ/，偏偏英文的發音是非常不規則的，每個字的發音都可能有「驚喜」，單靠拼音判讀是容易出錯的，所以一定要打開耳

朵聽母語人士或老師怎麼唸，聽清楚聲音的細節。當你用回音法練習，才能聽到 innovation 其實唸作/ɪnəˋveɪʃən/（i-nuh-VAY-shn），那個 o 是唸作/ə/的音。

再舉兩個例子：vehicle（交通工具）常被台灣學生唸成/ˋvihɪkəl/（vee-hi-kl），但其實子音 h 在這裡是不發音的，只是短促地停頓，直接唸出短促的 i，甚至是很像 uh 的聲音：/ˋviɪkəl/（vee-uh-kl）。Information（資訊）則會被唸成/ˌɪnforˋmeɪʃən/（in-for-may-shn），也就是把 or 唸得很重，不過實際上只要唸成/ˌɪnfərˋmeɪʃən/（in-fr-may-shn），也就是把 or 唸成 er 的音，也不用太多捲舌，輕鬆帶過就可以了。如果以上這些例子，單看有點不好理解，這是很正常的，因為學發音本來就應該用聽的，音標只是輔助工具，用來作為書面溝通時的符號或是替代品而已。如果你想要聽賓狗直接在《聽新聞學英文》Podcast 節目中示範這些單字的發音，歡迎來聽第 453 集（＃不出國提升英文口說 ＃避開練習地雷 ＃賓狗新書搶先聽），可以直接掃以下的 QR Code 聽這一集，也可以到各大 Podcast 平台搜尋「賓狗」，就能找到我的節目。

《聽新聞學英文》
Podcast 節目
第 453 集

剛剛簡單分享了一些台灣學生常唸錯的英文單字，但絕對還有更多被唸錯的單字，不過這並不是台灣學生的

錯，這只是因為練習方式並不理想，才會導致學生犯錯。而從史嘉琳老師身上學到回音法echo method之後，我總是為台灣學生感到可惜和遺憾，明明我們是那麼努力勤奮在課堂上開口練習，卻在Repeat after me這樣過於急躁嚴苛的練習方式中，一次又一次重複自己先入為主而錯誤的發音。

Repeat after me就是個嚴苛不講理的美術老師，要我們為水果寫生，卻只給我們不到幾秒的時間觀察，就要我們立刻動筆，而沒有時間好好觀摩的我們，當然會把鳳梨畫成火龍果、蘋果畫成水蜜桃嘛！相較之下，回音法就是個溫柔合理的美術老師，水果盤會放在桌上，讓你慢慢觀察細節，看清楚了再下筆臨摹寫生；回音法也是這樣，它給你時間多聽幾次正確的發音，讓你仔細傾聽腦中的回音，之後再開口模仿道地的發音。所以，回音法其實比Repeat after me還要來得簡單而合理，它讓你一步一步慢慢來，先好好聽懂細節，才打開嘴巴練習，回音法其實才是合理而仁慈的，別誤以為它是嚴苛的要求唷。

## 骨牌的節奏感

在前面的文字中，我們提到骨牌作品若要成功，每個骨牌擺放的位置都必須正確，而在英文口說中，一個個單字就像是一片片骨牌，若想要溝通順暢，每個字的發音必須「擺放正確」。除此之外，英文口說跟骨牌還有一個非

常相似的地方，那就是節奏感。前面提到的日本骨牌節目中常見到，許多骨牌作品會分成多條軌道推進，到了某一刻，骨牌必須分秒不差地從多條軌道併成一條，才能讓一株櫻花樹綻放粉紅的花蕊。若是節奏沒掌握好，櫻花樹可能就只有半邊綻放，原本追求的美感和畫面大打折扣。英文口說也是一樣，除了每個單字發音要清楚好懂之外，整個語句的「**節奏**」也是溝通的重要元素，這個節奏就是所謂的抑揚頓挫，在英文的世界裡稱為**語調**。

千萬不要小看語調在英文口說中扮演的角色，漂亮的語調不只能讓你的英文聽起來很道地，還會影響到是否能順利表情達意，一用錯語調，你的說話對象會聽得很吃力，甚至產生誤會，就跟骨牌作品中開一半的櫻花樹一樣，令全球觀眾尷尬又惋惜呀！立刻來舉例說明什麼是語調，又該如何在生活中練習。

## 用語調呈現重點與情緒

接下來我們就用賓狗聽眾熟悉的一個短句及一個長句語調的各種變化，來聽見語調的溝通威力，首先就是「怦然心動英文學習法」中，最重要的一句話：Does it spark joy?這是我帶聽眾挑選英文自學材料時，最重視的篩選關鍵──這份英文學習素材，**讓你覺得怦然心動、下班也迫不及待想要碰嗎？**這樣的英文自學素材，才是最適合你的學習材料。那麼這句Does it spark joy?在你心裡響起時，或甚至你說出口自問時，你的語調是怎麼樣的呢？

Ⓐ Does it spark joy?　（每個字都強調且下沉，整體是固定而單調的節奏）

Ⓑ Does it spark joy?　（每個字都強調且下沉，整體是固定而單調的節奏，但問號句尾有上揚）

Ⓒ Does it spark joy?　（最漂亮的語調：Does 跟 it 有連音，Does it spark 稍微輕快一點帶過，而 joy 這個字放慢、強調、上揚）
（連音）　（放慢）

　　你開口說出「Does it spark joy?」的時候，是 A、B 還是 C 版本的語調呢？A 版本跟 B 版本的語調都相對比較不自然，你若試著以那兩種方式朗誦，會發現節奏比較死板，不像是英文母語人士說話的韻律，所以聽起來就比較「不道地」。不過，A 版本跟 B 版本的問題，不只是「不好聽」，還比較難傳達重點，溝通上比較沒有效率，這點只要跟 C 版本比較，就非常明顯了。C 版本是比較自然的英文語調，從句子中標註的符號不難看出，整個句子的節奏比較流暢多變，好像在唱歌一樣；除此之外，C 版本也利用**強弱快慢**等變化，為聆聽者篩選出重點訊息，就好像讀書時我們會在課本上劃重點，而母語人士也會為聽眾劃重點，只是說他們用的不是螢光筆，而是語調的快慢強弱變化。

　　我們來回頭分析「Does it spark joy?」這句話的訊息，其重點訊息就是「spark joy」，以及問句的語氣及功能，所以在說這句話的時候，你的語調目標是把聚光燈打在「**spark joy**」上，讓聽眾知道那是**重點**，並且做出

**Yes/No question** 該有的問句語氣。C版本的語調就能夠協助達到這樣的溝通效果，因為 C版本把比較不重要的功能詞「Does it」輕輕帶過，之後在「spark joy」兩個字上的**速度放慢**，咬字也更完整清晰，這樣就是利用語調的變化，為重要的字打上聚光燈，讓聽者比較容易聽見 spark joy 二字以及問句的語氣，這樣子的溝通非常有效率又能表情達意。

## 同個句子、不同語調

　　從上面的分析不難發現，語調的設計是自由的，端看你希望強調的重點是什麼，想要強調的通常會唸得比較慢、語調也會有明顯上揚或下沉來跟前後的字做對比，例如同樣「Does it spark joy?」這句，如果想要傳達的訊息或情緒不同，就應該運用不同的語調。

　　假設一個情境：今天朋友大掃除清理家中雜物，你陪著她運用近藤麻理惠的怦然心動整理術，也就是決定雜物去留之前，誠實地感受眼前這項物品是否能帶來怦然心動的感覺（Does it spark joy?），如果沒有，就是應該丟棄的物品。你朋友家裡的雜物很多，所以幫忙朋友清理的過程中，你不斷重複問她「Does it spark joy?」來確認某件物品該留該丟，多數時候是使用 C版本的語調。但是，你突然在儲藏室看到一張 49 分的數學考卷，皺巴巴的被塞在角落，殘酷的分數、升學苦讀的過往，這樣的物品不可

能 spark joy 吧？於是你就把考卷拿起來高舉在空中，想用挖苦的語氣問朋友「Does it spark joy?」（這張考卷不可能有怦然心動的感覺吧？！），這種時候你就可以使用 D 版本的語調：

**D** Does it spark joy?
（放慢）

（It 上揚、唸得慢而清楚，spark joy 一般速度唸過去，結尾下沈語氣）

D 版本的語調把重點放在「it」上，「spark joy」反而淡化處理，是因為這個情境的目的是挖苦朋友說「這張破考卷總不會帶來怦然心動的感覺吧？」所以強調 it。而重複說過好幾次的 spark joy 則選擇淡化處理，把聚光燈留給 it，加強**對比**效果，讓你瞬間傳達笑點，朋友才能抓到你這句話的情緒和重點。

把上述情境再往下發展，你發現朋友竟然想要偷偷保留前男友的香菸紙盒，但那明明是把你朋友傷透心的壞男人呀！於是你又心疼又生氣，拿起那個香菸紙盒，走去你朋友在的房間質問他：「Does it spark joy?」這時候你的語調，就適合用 E 版本的抑揚頓挫。

**E** Does it spark joy?
（連音）　　　　　（放慢）

（Does 跟 it 有連音，Does it spark 稍微輕快一點帶過，而 joy 這個字放慢、強調、但仍然下沉）

E 版本拿掉了疑問句的語氣，展現出一種挑戰或不滿的語調，表面上吐出的文字是「Does it spark joy?」，

潛台詞是「你不要跟我說這紙盒有給妳怦然心動的感覺喔！給我丟掉它。」換句話說，E版本的「Does it spark joy?」不是純粹的問句，你要的不是對方的答案與回覆，而是直接拋出你的質疑：這香菸紙盒怎麼可能帶來怦然心動的感覺。所以，如果有人說出來的問句是這樣句尾下沉的語調，他可能不是在問意見，而是在表達他**反對**或**質疑**的情緒。

## 如何設計你要的語調

很多學生在聽完上述《語調的50道陰影》（誤）之後就會好奇，自己開口說英文的時候，要怎麼設計適合的語調呢？首先，你要建立一個心態：**每個人的大腦都很吵！**人在對話聊天的時候，多數時候無法全神貫注聽他人說話。我們的大腦隨時都像擠滿人的跨年酒吧，在跟朋友聊天的同時，大腦酒吧的A組客人可能同時嚷嚷著待會如何回覆對方，B組客人可能是大聲討論待會晚餐該吃炸豬排還是烤牡蠣，C組客人可能在想一些不宜載入本書的事（挑眉）。我們的腦子裡就是這麼多雜音，宛如跨年夜高朋滿座的酒吧一樣嘈雜。

人腦天生如此、無可奈何，所以用語言溝通的時候，不論是中文或英文都一樣，我們都必須「體貼聽眾」，讓聽眾就算不專心聽、就算他腦中有無比嘈雜的酒吧，也能抓到你話語中的重點，進而被你感動或是說服，而語調要

是做得好，你的聽眾是不需要聽到逐字逐句，也能推理出你想表達的意思唷，豈不是對聽眾極高的體貼與尊重嘛！

舉例來說，C版本的「Does it spark joy?」所設計的音韻起伏，把「Does it spark」淡化加快，joy這個字放慢、強調、上揚，帶出問句的語氣，這樣的語調就是**幫聽眾劃重點**。就算聽眾不專心，只模糊聽到joy以及問號的語氣，他也能大致從情境中猜到，你是在問他眼前這項物品，是否能帶來喜悅（joy）。掌握了這個心態、瞭解語調目的和功能後，你就可以讓更多人聽見你想傳達的訊息，當大家覺得你講話簡單好懂時，他們就會更信任你、更受你影響，因為跟你聊天總是好輕鬆。就這樣，你的影響力及說服力將會水漲船高。

## 設計之前，要先揣摩

從前面各版本的語調中，你可以看出一個句子有很多種語調的可能，而且特定的語調通常代表特定的訊息或情緒，這是在英語世界裡已經建立起來的默契。換句話說，你想要透過語調表情達意，最好是不要隨意發明不存在的語調模式，比較理想的作法是透過多聽多練習，來揣摩各種情境下，適合用什麼樣的語調。所謂多聽，就是像2-1小節中所說，讓英聽融入生活之中，建立怦然心動的原子習慣，持續穩定聆聽英語母語人士說話的聲音，很快就能掌握英文的語調。

當然，除了多吸收英文的自然語調之外，你也可以利用回音法，積極開口練習語調。前面提到回音法時，是鼓勵你用回音法聽見英文單字的正確發音並好好模仿，而回音法的程序及精神，也可以從一個單字擴張到一個句子。簡單來說，就是聽完一個句子之後，不要急著開口複誦，反而是多聽幾次，聽到腦中可以重播這句話的「回音」之後，才開口試著揣摩，目標是模仿得一模一樣，包括語調在內都模仿得很像，才是達成練習目標。如果開口之後，覺得自己模仿得不像，那就再重播這句話，加強腦中的回音，再嘗試模仿出漂亮道地的語調。

　　比如說，如果你今天聽到這句話：Intonation conveys meaning in many ways.（英文的音韻起伏能透過各種變化傳達訊息），它的音韻起伏設計如下：

Intonation conveys meaning in many ways.
　（清楚）　　　　　　　　（慢）　　（連著，微快）

　　（如果想聽賓狗在 Podcast 中的有聲版示範，請搜尋《聽新聞學英文》第 453 集，或是直接掃描以下 QR Code，聆聽這集喔！）

《聽新聞學英文》
Podcast 節目
第 453 集

你聽完這句，如果想要模仿學習它的音韻起伏，千萬不要立刻複誦，結果唸出自己先入為主、比較不自然的語調。你應該要善用**回音法**，在聽完這句之後按暫停，嘴巴不發出聲音，看能不能在腦中順利**「播放」回音**，如果不行就重播原音，過程中都不要開口練習，只要全神貫注專心聽聲音的樣貌及細節，等到你可以在腦中聽見清楚的回音之後，這時候你才可以開口模仿這句的音韻起伏。模仿得好，這句的學習就算是完成；如果自己覺得還不夠好聽，那就再回到聆聽的階段，重複播放原音，直到腦子裡聽得見回音，才再度開口揣摩句子的音韻起伏。

## 為什麼要學語調？

讀到這邊，有些台灣讀者可能仍然認為：「為什麼我要這麼累？跟我說話的對象不會認真聆聽我講出來的話嗎？練習發音還不夠，還要學習語調，聽眾才能聽懂我說的英文，欸我上輩子欠人家呀？幹嘛這麼體貼聽眾，我人可沒這麼好。」如果你有這樣的心聲，你不孤單，我剛認識到語調的存在時，心情差不多也是這樣：「這個語言當我好欺負膩，軟土深掘，要學的一大堆！」

但開始學習語調之後，我逐漸發現語調絕對不只是體貼聽眾，更是**擴大自身的影響力**。在這個時代，話語權就是影響力，當你傳達的訊息被聽見、說話的方式廣受喜愛，你的影響力就無可限量，而語調絕對是這驚人影響力

的一環。這個現象只要稍微換位思考就非常清楚：我們都喜歡說話清楚好懂的人，而所謂「**說服力**」到頭來就是說得簡單易懂有熱情的能力，而在這之中，自然漂亮的語調絕對扮演著關鍵要角。好的語調可以讓說話對象秒懂你的訊息，而這個秒懂帶來的安心感、舒服感，會在說話對象的心中昇華成「說服力」，因為聽你講話總是舒服好懂，於是，我想要相信你。

好好善用回音法學習語調，讓你每次開口說英文，就像是節奏準確明快的骨牌，語畢，總在聽者心中呈現一幅粉紅綻放的櫻花樹。

## 太極拳也能自衛

你看過太極拳嗎？很多公園的叔叔阿姨會打太極拳做運動，藉以保持身體健康。這套傳統武術確實可以透過徐緩的節奏打拳，達到鍛鍊身體、強健體魄的目標，但如果是要用太極拳防身甚至在擂台上拼搏，可能就需要進一步的訓練與對戰練習，才能夠運用太極拳借力使力、柔中帶剛的本質，在擂台上或真實世界中保護自己。

剛才學到的回音法，就像是打太極拳練身體，它徐緩不躁進，非常尊重操作者的節奏，讓學習者好好揣摩姿勢、並練習正確使用肌肉好打出正確的動作；回音法也是同理，它給你足夠的時間，好好吸收消化正確的發音，再

慢慢模仿揣摩出正確的發音。然而，若把英文口說比喻成太極拳，只練回音法就像只徐緩打拳一樣，雖然本身已經很有價值，卻無法鍛鍊臨場對戰的反應速度與彈性。對英文口說而言，所謂的**「臨場對戰」**就是使用英文與人溝通，一旦站上這樣的「英文溝通擂台」，你需要比在家自行練習時更快的反應速度和應變能力，而這樣的英文口說對戰能力，你可以透過**影子跟讀法（shadowing）**訓練出來。

## 影子跟讀法

　　影子跟讀法可以大致理解成**「加速版」回音法**。影子跟讀法也是要聽著影片或音檔，模仿英語母語人士說話，但跟回音法最不同的地方在於，**我們不等了，我們要像個影子一樣，同步模仿母語人士**，就像國小時候，我們會故意模仿同學，引起對方注意或生氣（或是你是那個被模仿然後委屈生氣的可愛同學 XD）。我們小時候或多或少經歷過這種模仿遊戲，也就是 A 同學故意模仿 B 同學講話，通常 A 同學會刻意與 B 同學幾乎同步說出一模一樣的話與語氣，追求只慢個 1 秒到 2 秒，一直模仿個沒完，直到對方生氣或爆哭（想起來還真是個殘酷的遊戲……），我們姑且稱呼這個遊戲為「模仿到你森 77」遊戲。

蘋果公司創辦人賈伯斯（Steve Jobs）曾在史丹佛大學的畢業典禮致詞說「You can't connect the dots looking forward; you can only connect them looking backwards.」目的是要鼓勵史丹佛的畢業生相信，自己現在和過去所經歷的一切是不會白費的，即使現在看不見意義，將來某個時間點回頭看，一切都會神奇地串聯起來，成為你獨一無二的力量。看來賈伯斯說得對，雖然當年的我們（或是你朋友）一直模仿同學，真的很煩人，但是當年玩過的「模仿到你森77」是不會白費的，多年前的幼稚行為將幫助你快速理解現在要分享的影子跟讀法。

影子跟讀法的練習方式如下：把你用回音法練習過的英文影片或音檔「回收使用」，在按下播放鍵之後，跟音檔中的英語母語人士玩「模仿到你森77」遊戲，挑戰你的反應速度跟快嘴能力，緊緊跟著音檔中的講者，落後的時間不到數秒，持續模仿講者的發音、語調以及情緒，努力跟緊別被甩掉，這就是影子跟讀法。這樣的英文口說練習，是不是充滿了速度與激情？

## 練影子跟讀法的好處

就像前面提及的，回音法如同透過打太極拳練身體，它徐緩不躁進，讓學習者好好吸收消化正確的發音，再慢慢模仿揣摩出正確的發音，但實際用英文溝通時，我們的口腔跟腦袋需要動得更快一點，才能在「英文溝通擂

「台」上生存。影子跟讀法這樣的訓練方式能鍛鍊你在擂台上「臨場對戰」的反應能力，鍛鍊你口腔肌肉的速度，英文唸得更溜、擁有更快的反應速度和應變能力，而且當你全神貫注模仿英文母語人士時，你等同是**融入了情境**，一瞬間你就坐在紐約中央公園外的咖啡店、走在倫敦泰晤士河沿岸、躺在雪梨海灘的天棻旁邊（?!）用英文溝通與生活，這就是影子跟讀法的魅力。

太極拳的比喻可以方便你理解回音法與影子跟讀法的不同，同時也能用來提醒你，一定要照步驟循序漸進。想要太極拳打得好，甚至能將它帶上擂台競技或街頭自我防衛用，你一定要先練好基本功，徐緩揣摩正確的肌肉使用方式，把硬底子功夫練好，在那之後才開始學習與人對打所需的快速反應及綜合技巧。若沒有充分準備，躁進使用太極拳競技，你可能會因為動作不標準、施力不正確，因而表現平庸，甚至因此受傷。

## 先回音，再跟讀

同上述道理，英文要說得好，你一定要先用回音法掌握正確的發音，先緩慢說出正確的英文，然後才用影子跟讀法去享受速度與激情，為一口溜英文做準備。這樣所謂循序漸進的建議，倒不是說你得苦練回音法三年之後，才能開始挑戰影子跟讀法。實際上，你是可以同時啟動回音法跟影子跟讀法的練習唷！

所謂循序漸進是，你拿來練習影子跟讀法的英文素材，應該是要**「回收使用」**你曾用回音法練習過的英文影片或音檔。換句話說，在你找到一份喜歡的英文影片或音檔素材之後，可以**「物盡其用、循序漸進」**，同一份素材先用回音法練習，用自己的節奏練習漂亮的發音，把口腔肌肉跟共鳴穩定下來，就像用太極拳練身體一樣徐緩不躁進。接著才利用練習過的片段，挑戰影子跟讀法，按下播放鍵後緊緊跟著音檔中的講者，持續模仿母語人士說話，就像在擂台上使用太極拳那樣鍛鍊反應速度與流暢程度。

　　貼心小提醒：在挑選回音法及影子跟讀法的材料時，一定也要找令你怦然心動的主題素材。如果你找那種人人推薦、但你覺得無聊的經典素材，絕對不會有動力重複接觸並深度使用這個英文素材，所以記得參考本書1-1的選材技巧唷！

## 好想跟外國人實戰

　　除了自己在家練功以外，在台灣生活的你，要如何找到外國人，實戰用英文溝通呢？台灣的語言環境，確實比不上國外沉浸式的英文學習，可是若把台灣的環境當藉口而不開發手邊資源，恐怕只是無盡拖延、逃避現實。畢竟，現在身處台灣的你，必然是有事業、家庭、疫情等各種因素而不適合出國生活，你總不能癡癡等出國那一天才

開始跟外國人溝通吧？畢竟，那一天也無法確定何時會到來；再者，出國前也要先把英文練好才能在國外生存呀。

而所謂手邊的資源，就是在台的外國人或是移民。相信你的校園或職場上也遇過英文母語人士或是在國外長大的華人，與他們對話相處，都是很好的英文學習資源，也可以趁機觀察到英語文化及思考的邏輯。但也不要把人家當工具人，你要誠心誠意跟他們交朋友，一起吃飯聊天have a good time，如果從友情昇華為愛情，那也是可喜可賀，你們交流的時機和場合就會更豐富了！我是說語言上的交流。當然，不適合在一起也不能勉強，有些人就是話不投機，這時候你可以退而求其次，透過網路找語言交換的機會，也就是對方免費教你英文，你給他的回饋是免費教中文，這樣互惠的形式也是很棒的文化交流，而且還可以依你方便採取遠端視訊或是實際見面，都會是很棒的學習方式。

## 組隊練習也不賴

如果你還是大學生，也可以參加特定社團來練習英文，例如我在大學期間就參加了**模擬聯合國社團（Model United Nations）**，社課時扮演不同國家的聯合國代表，針對當下的時事用英文交流意見。聽起來或許抽象，但基本上就是大學生版的扮家家酒：「我當美國、他當英國、

你當日本，現在來討論怎麼約束臉書跟蘋果這些跨國大企業。」回想起來小孩子穿大鞋、莫名而荒謬，但長大後看國際新聞，我驚訝發現，OMG 我們模擬得蠻到位的耶！聯合國實際的會議與採取的行動，還真的是跟我們當時生出來的決議文一樣爛耶 XD 敷衍啊、交差了事啊、或是討論老半天最後沒有結果，看來模擬聯合國不只能練英文演講，也可以深刻體驗聯合國會議的迂迴不前。

說到英文演講，你也可以參加**國際演講協會**（Toastmasters International）的社團，這個非營利教育組織是在 1924 年創立，起源於美國加州，他們的夢想是讓更多人都能烤出美味香脆的吐司（並沒有）。其實 Toast 除了吐司的意思之外，也可以是宴會上向他人敬酒前，短暫說的一席話。影集或電影中婚禮場景，常常會有人站起來，用湯匙敲敲玻璃杯，然後說「I'd like to make a toast!」這就表示該角色想要邀請現場所有人對新人敬酒，而這個角色會有個簡短精彩的演講，這個演講就是 **toast**，而國際演講協會就是希望增進大眾「**演講**」與「**領導**」的能力。很多大學都有 Toastmasters 社團，也有給職場人士下班參與的版本，都是練習英文演講很好的環境及資源唷。

## 英文口說的原子習慣

很多台灣學生在英文口說上止步不前，是因為台灣講英文的環境並不多，這點客觀上是真實的，然而，如果主觀上用這點阻擋自己練習英文口說，那就是畫地自限了。畢竟現在網路上這麼多有趣的英文電影、影集、Podcast，你當然要活在當下、好好利用呀，人在台灣同樣可以用這些素材練習口說，千萬別再被動等待，等著那不知何時（也不太可能）出現的完美英文學習環境。你現在就可以主動打造開口說英文的環境，而那關鍵鑰匙就是原子習慣。

在台灣生活的你我，可以利用**回音法**及**影子跟讀法**，每天開口說一句英文。是的，每天一句，用回音法及影子跟讀法開口練習，就完成當天任務，雖然聽起來很放水，但是每天都要一句，是細水長流的承諾，執行起來很容易，對英文學習卻很有意義。為了讓這個原子習慣根深蒂固融入生活之中，你可以把這個英文口說的原子習慣，和每天都會做的某件事情綁在一起，比如說我們每天都會刷牙，你就可以設計每晚刷牙前，練習一句回音法及影子跟讀法，只要練完一句，當天就達標！如果你覺得這樣壓力很大，那就勇敢尊重自己的感受，把這個習慣砍得更「原子」一些，比如說只練習一句回音法，或是變成一天只練習一個單字的發音。這樣的原子習慣，絕對遠比好高騖遠，卻速速遭擱置的「偉大」計畫，來得實際而可行。

## 輪到你了

　　讀完豐富的練習資源及方法，到頭來還是要落實在生活之中才有意義，為了幫助你設計英文口說原子習慣，賓狗也來分享自己真實執行的口說練習計畫。

　　經營網路頻道雖然好玩，但是更新 Podcast、Instagram、Facebook 等社群媒體，真的是很忙碌。為了持續精進英文口說，我的學習計畫也是奉行原子習慣，結合在生活之中。在上一小節中，我提到自己的 spark joy 聽力學習素材包括《上週今夜秀》，這個節目我幾乎每天中午都會聽一集，而當我想要練英文口說，又不想給自己過大壓力時，我就可以直接拿《上週今夜秀》中的一句話來練習回音法及影子跟讀法。所以，每天吃午飯前，我都會先觀賞一集《上週今夜秀》練聽力，看完之後就挑一句喜歡的句子（沒什麼標準，非常武斷 XD），重複聆聽後暫停影片，做回音法練習，接著再次播放這句做影子跟讀練習，這樣就完成每日的英文聽力及口說功課了，是不是很小的原子習慣呢？你也能達成！

　　說起來，如果原子習慣有個吉祥物的話，我想它會是隻鮣魚。單聽「鮣魚」兩個字，你八成滿腦問號，不知道這是什麼生物，但其實你一定看過，它就是那黏在鯊魚或海龜身上的小魚，它靠著強力的吸盤，附著在比較大的海洋生物，非常省力地「趴趴造」，撿食大生物吃剩的碎屑，完全就是海洋裡的「省力一姐」，而賓狗推薦養成的

英文自學原子習慣就跟鮣魚很像。我們每天原本就會做的日常活動，像是刷牙、洗澡、三餐，它們像是鯊魚和海龜一樣。只要鯊魚和海龜出現，你就會看到鮣魚黏在

上面；同理，只要你聰明地安排原子習慣，那麼每次你自然過生活，進行某個日常活動時，原子習慣就會自然而然跟著出現，不做還覺得哪裡不太習慣呢。

　　現在就動手設計你的自學原子習慣吧！記得「省力一姐」鮣魚的智慧，先觀察自己的現有的生活習慣與作息，並讓你想建立的原子習慣像鮣魚一樣附著上去，融入生活之中。在台灣，你就能開口說英文。

## 2-3

# 看漫畫打 Game，英文一樣嚇嚇叫

### 怦然心動的遊戲動漫與迷因

在第一章中，你已經認識到「**怦然心動＋原子習慣**」的重要、務實以及魅力，而要建立英文閱讀習慣，也可以從有趣好玩、簡短無負擔的讀物開始，基本上，只要是爸媽嫌棄沒營養的讀物，就是很好的英文讀物（誤）。立刻來出賣我的頻道夥伴 Leo 的英文及日文閱讀素材。

### 強大的英文＆日文閱讀力

我跟 Leo 從台大外文系一年級就同班，我跟他共同修習的第一堂課是大一英文，當時老師發下學習單，上面有一篇落落長的英語文章，為了環保（其實八成是想要省影印費），學生是兩人一組看同一張，之後再用英文討論文

章的內容。那時候，我跟 Leo 分在同一組，學習單發下來才沒幾分鐘，Leo 就趴在桌上小睡了。我當時很傻眼，這個人是一目十行，英文閱讀超強嗎？還是他根本不鳥老師，想睡就睡呢？落後的我趕緊加快腳步讀完，再輕輕碰他肩膀，問他要不要來討論。他就一副睡眼惺忪地抬起頭，但卻對文章內容瞭若指掌地跟我一問一答。

我當時的心情是：「欸這個人英文閱讀也比我強太多了吧！台大外文系同學都這樣嗎？我準備嗚呼哀哉了！」而讀英文這麼輕鬆的 Leo，是有什麼祕密呢？是像很多老師建議的，讀了大量英文小說嗎？其實，跟 Leo 一起求學、工作、生活這麼多年來，我發現他雖然確實會讀英文小說，但他花更多時間在玩遊戲、看動漫以及瀏覽迷因梗圖上。他很喜歡上述這些作品，會用英文或日文介面玩或觀賞，而因為想破關、想追劇情、想大笑一番，他每天自然而然花很多時間在接觸英文及日文。是的，完全就是「怦然心動英文學習法」的體現呀！他有自己怦然心動的素材接觸英文及日文，因而每天不斷閱讀英文及日文字句，絲毫沒感覺到辛苦，學習效果卻出奇的好。

## 英文閱讀的原子習慣

如果你可以像 Leo 這樣，找到自己怦然心動的英文閱讀素材，那個素材又有源源不絕的選擇的話（想想每年推出的新遊戲跟動漫，還有網路上源源不絕的英文迷因），

包準你每天都能閱讀大量英文字句而不自知，沉浸在遊戲、故事、歡笑的同時，不斷接觸到英文，是非常理想的怦然心動學習境界。

如果你的個性跟 Leo 一樣，娛樂至上，對自己喜歡什麼的直覺很強烈，歡迎建立 Leo 這樣的英文閱讀習慣，超級歡樂又能大量接觸英文字句！而如果你跟賓狗比較像，比較喜歡建立起明確計畫來執行，那你就可以跟我一樣先找到令自己怦然心動的英文閱讀素材，可以是西洋娛樂圈的娛樂八卦、也可以是英文的言情小說或美國漫畫，然後跟自己約定，每天睡前要讀一句再睡。每天睡前讀一句英文，聽起來很少，可是原本的你，恐怕一天讀不到一句英文？又或者就算為了工作或學業有接觸到英文，但那樣的內容無法跟你生活融合，你很難透過工作或學業的英文素材愛上英文，也因此很難真正掌握英文。所以，每天睡前，讀喜歡的英文素材一句就好，這樣的原子習慣威力遠超乎你想像。

以我來說，我的床頭就有三本英文書跟一個電子書裝置，全部都是我喜歡的小說，或是溝通科學相關的書（經營自媒體的我，當然對溝通很感興趣嘛）。床頭放好選定的怦然心動英文素材之後，每天睡前躺到床上耍廢的時候，就抽出一本讀一句，讀完一句就達標，就可以躺在床上看 YouTube 廢片，直到打瞌睡手機不小心砸到臉。不過呢，學生跟我都發現，只要讀那一句，其實很容易往下

多讀一段、兩段、一頁、兩頁，不小心就遠遠超過設定的目標。

這就是原子習慣的魔力：既然萬事起頭難，那麼只要把「起頭」變成非常容易執行的小動作，我們自然會比較願意展開行動。而一旦展開行動，克服最大靜摩擦力之後，那種把計畫付諸行動的成就感，可能還會讓你陶醉到不想停下來呢，這就是為什麼，即使你設定每天睡前只讀一句，卻會忍不住往下讀一段或是一整頁。

而當你不小心讀超過一句英文的時候，八成是很過癮又很有自信，這樣怦然心動的正面情緒也有助於你學習英文，因為這件事讓你感到驕傲，你自然會想多接觸。與此同時，也一定要記得每天把期待歸零。這個「歸零」的概念，我們在 2-1 談論英聽原子習慣時已經提到，簡單來說，不論你前一天讀了多少句、多少頁，如果你跟自己約定的原子習慣是一天一句，那麼隔天的心理期待就要歸零回到一天一句，不讓昨天的優良表現，成為今天的束縛，才能好好維持原子習慣的精神。

## 再忙，也能執行的英文閱讀習慣

原子習慣的精神是非常務實的，它帶你接受一件事實：我們的生活、精神、忙碌程度都會不斷變化，所以如果要建立細水長流的原子習慣，**你設計的小小自學行動，**

**必須讓最忙最累的自己都能夠順利執行**，否則人一定會用忙碌當藉口逃避學習。自學習慣是不容易維繫的，因為你的注意力隨時會被生活中各種刺激的活動吸引走。人性就是這樣不堪一擊，千萬別鐵齒不相信，比如說想節食的你，看到辦公室下午茶是奶油泡芙那一刻，心中的天使早已被關入惡魔的地牢，你會邊流口水邊走過去，抱著五個泡芙，偷偷摸摸回座位；比如說你伴侶就走在你身旁，迎面走來一個天菜美女帥哥，雖然知道不該偷瞄，但你就是忍不住癡癡盯著天菜路人流口水。

人類的注意力就是這樣，會被各種人事物吸引分心，所以你一定要用心維繫原子習慣，不要忙了懶了就放棄執行，這樣好不容易建立起來的習慣，可能很快被別的事物給取代而中斷，而你說一口流利英文的夢想，也就這樣從手邊溜走，未免太殘念！所以設計原子習慣的時候，一定不可以貪心，要正視人性的脆弱，設計出最簡單、最小而可執行的英文閱讀行動，每天每天細水長流地接觸，才是現代人忙碌生活之下，真正可行的英文自學方法。

## 閱讀素材應該要適合你的程度

講到簡單，我有不少學生會怕自己挑選的怦然心動閱讀素材不夠難、太簡單。這點千萬不要擔心，因為若要建立怦然心動的英文閱讀習慣，你不需要挑「夠難」的英文閱讀素材，反而是要用心找**「夠簡單」**的讀本。你挑選的

讀本，生難字不要太多，最好是在不查詢字典的情況下，也能讀懂至少**七到八成**，或是說能夠**大致掌握文本的故事或大意**，這樣的英文閱讀素材，比較適合拿來運用在英文自學原子習慣上。

原因有兩個：首先，讀本夠簡單、不用邊讀邊查單字，這樣才有輕鬆閱讀的樂趣嘛！如果搞得像是以前苦讀高中英文課本，每一字每一句在查單字，這樣多無趣呀。自學畢竟是沒有考試壓力逼迫的，學習動力相對少，所以一定要讓英文閱讀的過程開心愉快，你才會忍不住每天翻開那本書或打開那個網站，並讀一句英文來實踐自學。第二個原因是，對於多數台灣人而言，只要長期閱讀自然通順的英文，就算只是簡單的英文童書，都會有收穫。

如果講更白一點，多數台灣人根本沒有閱讀英文的習慣呀，英文閱讀習慣是零，在這樣的狀況下，就算你挑的英文讀本是寫給國外小孩子也無所謂，因為光是養成每天閱讀英文的習慣，你已經是台灣英文學習界的天龍人了，秒勝 99% 台灣人。而且，靜下來想想，只要英文溝通能力可以跟國外小朋友一樣強，就已經是大進步了，更何況你還會隨著不斷閱讀，持續累積接觸到的英文素材，並且自然地進步，以比較合理務實的節奏，慢慢往比較難的怦然心動閱讀素材邁進（比如說青少年小說或八卦娛樂新聞）。千萬不要好高騖遠，逼自己讀進階不輕鬆的英文讀本，結果卻找不到怦然心動的感覺，導致原子習慣快速凋

零殆盡，回到零英文閱讀習慣，再次與99％台灣學生一起卡在原地，簡直太無奈。

## 找到理想讀本，你需要這組關鍵字

「夠簡單」的英文讀本要去哪裡找呢？首先，如果你喜歡看英文童書繪本等等給小朋友的讀物，恭喜你，它們是你珍貴的英文閱讀資源。因為童書是寫給英語世界的小朋友閱讀學習使用，所以這些作品裡面的英文絕對不會太難，至於會不會太簡單呢？放心，絕對不會。就像前面提及的，只要是能讓你開心持續接觸英文，都是好素材，更何況這些童書裡也會有非常口語而道地的表達方式，很多是國高中英文課本不會教的呢！所以，如果英文童書繪本給你怦然心動的感覺，推薦你就從這些素材出發，每天輕鬆讀一句英文吧。

不過，我大部分的學生不是兒童，不太能從兒童讀本中找到怦然心動的閱讀動力，畢竟大人渴望讀到的通常是刺激（香豔？）的情節或是複雜的角色感情，這些都是兒童讀本中比較缺乏的。但英文世界裡寫給大人看的文字作品，對很多台灣學生來說太進階了，單字或句型都過於複雜，閱讀起來很吃力，邊讀要邊查單字，怎麼輕鬆融入生活之中呢？

幸好，只要巧妙運用兩組關鍵字，就能在茫茫書海中找到適合成人的簡單讀物，這兩組關鍵字是 **young reading** 或 **young readers**。只要好好運用這兩組關鍵字，你就可以找到英文世界的青少年讀物，這類作品的劇情及主題可以帶給成人娛樂與啓發，但使用的語言卻不會太難，在台灣接受英文教育的學生，也能理解和享受故事情節。

## 如何運用這組關鍵字

運用這組關鍵字的方法，大致分成兩種，依你的需求來分類。第一種，如果你原本就是小書蟲，一直很想讀經典文學原文，但面對作品中艱澀的英文，你只能側倒在地說聲：「臣妾實在讀不懂呀～」那麼這組關鍵字將帶你實現夢想！只要在搜尋引擎中輸入你喜歡的經典作品英文名稱，再加上 young reading 或 young readers 關鍵字，你就可以找到專門寫給青少年閱讀的簡單白話版本唷。

舉例來說，假設你深深著迷於電影《大亨小傳》（The Great Gatsby），於是夢想讀其原著，但是真的閱讀之後，覺得英文難度太高，實在嗑不下去，要怎麼怦然心動啦！這時候，別輕易放棄夢想，你絕對可以讓《大亨小傳》變成你生活中的讀物，只要在搜尋引擎中輸入「The Great Gatsby young reading」或是「The Great Gatsby young reader」，就能找到許多出版社將《大亨小傳》改寫

設計後的白話版本，專門給年輕讀者或是你我這樣的外語學習者閱讀用。這樣的青少年讀本大大降低閱讀的門檻，非常適合融入在生活之中，建立英文閱讀的原子習慣。

第二種使用方法是直接在搜尋引擎中輸入 young reading 或 young readers 這些關鍵字，然後在搜尋結果中「逛街」尋找感興趣的英文書或網站。直接搜尋這些關鍵字，你就能找到許多為青少年寫作的書籍作品，其英文單字通常不會太艱澀，而且除了零星出現的書籍之外，許多出版社或網站也會有專門推薦給青少年的書單，例如英國的企鵝出版集團（Penguin Books）推出許多經典文學的青少年白話版本、美國的紐約時報（The New York Times）則會整理暢銷的青少年讀物、美國國家公共廣播電台（NPR）也會整理青少年書籍清單，這些都是很值得參考的資源。要注意的是，我並不是說這些獲得推薦的書，就是最好的閱讀素材，而是推薦你參考這些選項，從中挑出令你讀了怦然心動的主題，自然融入生活中，形成英文閱讀的原子習慣。


## 善用英文新聞文章

如果你對書籍實在興致缺缺，但願意關心時事，那麼各大英文新聞網站會是很好的資源。你可以選定幾個喜歡的英文新聞媒體，或許是 CNN、BBC、德國之聲、半島電視台英語頻道或是 Vox 這種解釋性的新聞網站，上面都

有無限多的英文文章供你閱讀。你可以每天起床或是進辦公室那一刻，就打開喜歡的新聞網站讀一句英文，建立這樣的原子習慣，每天輕鬆達標，就比過去沒有讀英文的你強太多了！而且你讀到的資訊，還可以拿來跟同事朋友開話題，非常實用。

如果你很想在執行這個原子習慣的同時，廣泛吸收國際新聞，跟你分享一個小訣竅！你的原子習慣可以設定成，每天一進辦公室或教室就挑三則感興趣的新聞，**讀每一則的第一段就好**，讀完就達標。這是因為，英文新聞的結構通常十分明確，越前面的段落所提供的資訊越重要，越後面越瑣碎，所以如果你想要趁著執行原子習慣時，廣泛接觸國際時事，這是很有效而輕鬆的好方法唷。

## 渣女渣男站起來

面對感情，我們必須專一（如果雙方另有約定除外，咳咳）；但面對英文閱讀，賓狗一律建議當個渣男渣女。人性就是喜新厭舊，想讓英文閱讀的原子習慣長長久久，你應該隨時有「備胎」，想換就換。

「備胎」的意思是，你可以同時擁有好幾個英文閱讀資源，想換就換。舉例來說，你找到一本書，這本書讓你有怦然心動的感覺，所以你就用這本書作為英文閱讀原子習慣的材料，但讀了大概兩三個禮拜之後，你對這本書失

去興趣、不再有怦然心動的感覺。這時候，請你直接甩了它。沒必要守著不再愛的那本書，只因為無意義的罪惡感而留下，親愛的別傻了，趕快尋覓下一本令你怦然心動的書吧！

面對網路上的英文閱讀資源也是如此，你不需要對任何單一網站或新聞文章專情，應該要立志當個任性的渣男渣女，喜歡的才留在身邊，不再心動時就狠心 say goodbye 吧，因為閱讀素材不是人，它並沒有情緒、它不會傷心，你不需要為了守護某個不再喜歡的素材，卻扼殺了英文閱讀的心動感受，這樣絕對划不來。所以在英文學習的世界裡，請放肆當個花心大蘿蔔！想換閱讀素材就換，變心了就揮手告別，反而更容易維持英文閱讀的原子習慣，這才是真正該守護的事情。


## 輪到你了

簡單來說，想要養成英文閱讀習慣，就要先挑選令你怦然心動而且足夠簡單的英文閱讀素材，接著建立起每天能執行的原子習慣，而手邊的書籍或網站等閱讀資源，想更換就隨時更換，只要持續執行英文閱讀的習慣就好。假以時日，英文閱讀對你來說會像是每天固定買的那杯手搖飲，帶給你全糖的好心情，英文才能從閱讀測驗變成生活中的雅趣消遣。

☐ 你透過 young reading 或 young readers 等關鍵
☐ 字，搜尋到什麼怦然心動素材呢? 記錄在這裡吧!
☐
☐
☐
☐
☐
☐
☐
☐
☐
☐
☐
☐
☐
☐
☐
☐
☐
☐
☐
☐
☐

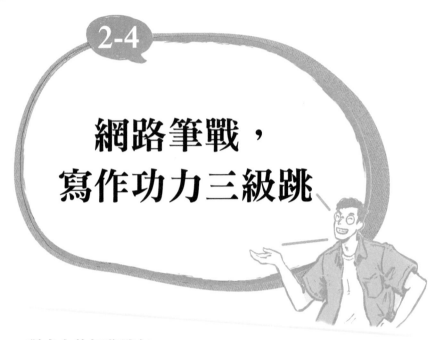

2-4

# 網路筆戰，
# 寫作功力三級跳

## 課本上的無聊造句

記得以前還在國高中讀書的時候，英文課本和考卷上總是會有各種英文造句練習，比如說：

> John rides his bike to school. 約翰騎腳踏車上學。
> Nina had a piece of cake. 妮娜吃了一片蛋糕。
> Tom called his mom. 湯姆打電話給他媽媽。

這些日常生活造句，當然也是實用的，不過苦悶的學生或上班生活之中，一直看到這類瑣碎而一成不變的造句情節，真的是會膩。幸好，這個時代，網際網路無國界（天啊好老的海報用語 XD），我們可以多在網路上用英文與人交（ㄅㄧˇ）流（ㄓㄢˋ），血流成河的論戰，能讓你

的英文寫作練習更加多采多姿、刺激無比。你可能今天爲了泰勒絲（Taylor Swift）在網路上用英文出征她某任前男友，明天又跟網友一起用梗圖表達對英國女王的無敵免疫系統有多佩服，各種情緒、各種主題都有，這樣的英文寫作練習，豈不是非常令人怦然心動嗎？

這裡先聲明，我不是鼓勵你到處找人用英文吵架，重點是英文寫作要融入生活、怦然心動，不能只有那種練習本上的單調情緒和情境，否則觸發不了你想學習的悸動。爲了推廣愛與和平，我們還是先從比較溫和的英文寫作練習介紹起，然後再分享如何用英文在網路上筆戰，最後出師告捷。

## 你的 Spark Joy 英文小日記

你有寫日記的習慣嗎？寫日記有很多好處，就算只是短短幾句，也可以記錄自己的生活、鍛練文筆，沉澱及省思一天以來發生的事情。不論你有沒有寫日記的習慣，賓狗推薦你開始寫自己的 Spark Joy 英文小日記。所謂 **Spark Joy 英文小日記**，就是每天用簡單的英文句構，記錄當天的心情或回憶，藉此持續用英文寫作表達自己，也讓英文這個語言更貼近你獨一無二的生活。

想培養 Spark Joy 英文小日記習慣，你首先要找一本眞心喜歡的**日記本**或是**日記 app**，不管是外觀或是功能，都好好挑選讓你喜歡的類型，每天才會很期待地打開它寫

日記。再來，挑選一個日常作息的時間，固定在那一刻寫你的 Spark Joy 英文小日記。以我自身爲例，我最喜歡的日記 app 叫做 Day One，這是個免費下載的日記 app，方便你建立一則一則日記（entry），每則日記可以放一張照片、寫心情文字、還可以記錄造訪的地點、當日天氣等等讓回憶更立體的資訊。更方便的是，你還可以爲每則日記加上標籤，就像 IG 的 hashtags 一樣，將來要翻找往年日記、回憶過去，就可以快速透過標籤找到想回顧的那則日記。（以上絕非業配，只是剖心肝推薦）

我的 Sparky Joy 英文小日記進行方式如下：每天打開 Day One 寫下 3 句英文，記錄我的心情或當天有趣的事件。爲了讓小日記更有趣，我會盡量用幽默詼諧的角度，看待發生在自己身上的事情，而值得跟聽眾朋友分享的（或是沒有太過私密的），我就會調整成 Instagram 跟 Facebook 的貼文，比如說下面這則 IG 貼文，就是從我的 Day One 小日記延伸出來的：

這是明天早上的你
# 收假 # 厭世

1. 這是神預言。
   This prophecy will come true.
2. 明天早上的你長這樣。
   This is you tomorrow morning.

3. 不準直接退費。
   **If it fails, you can get a full refund.**

★ prophecy 預言，或是邪教的斂財工具
★ 「預言不準」可以用 fail 這個動詞
★ refund 退款，好市多花最多時間處理的業務

Plot Twist: 這則貼文沒收你半毛錢

你看，這個原子習慣，簡直是一舉數得！除了培養英文寫作的能力之外，還能幽默化解生活中的無奈，即使遇到鳥事也能笑一笑 laugh it off，英文小日記就是這麼 spark joy。如果仔細看我的這則小日記，你會發現三個句子的文法結構，都是國中就學過的簡單句型結構，多數台灣學生都能輕鬆照樣造句。

這點也是寫 Spark Joy 小日記的時候需要注意的：忌好高騖遠，**無須使用複雜冗長卻無法應付的句構**。你現在幾乎沒有用英文寫作與表達，所以首要任務是好好把英文寫作融入生活之中，用簡單的句構，把自己的心情與想說的話表達清楚，其實這才是你的英文溝通對象要的呀：言簡意賅、清楚明瞭，這就是溝通的意義。

就算你真的非常渴望寫出文縐縐的長句，或是有寫出複雜句構的需求，比如說學術寫作及專業報告等文體，確實習慣以比較迂迴的句構傳達訊息，但即使如此，現在幾乎沒有寫作習慣的你，也只能一步一步來，先把短句的文

法駕馭好，不要連短句都漏洞百出，卻「跳級」寫長句，結果蓋出一棟棟「長句危樓」，每句乍看句構很精緻，細看卻搖搖欲墜、語焉不詳，你的溝通對象會很困擾的。所以寫 Spark Joy 小日記的時候，要練習多用簡單精練的短句表情達意，不但可以鍛練基礎文法結構，也能讓你的英文寫作原子習慣維持輕薄短小的樣貌，每天都能輕鬆完成的 Spark Joy 小日記，才能細水長流。

## 沒人批改怎麼辦？

沒怎麼辦。「持續閱讀」加上「持續書寫」，你就會進步。

來用電動遊戲解釋上述概念。應該沒有人會在打電動前想：「糟糕，我沒有電競教練在一旁陪人家耶，我恐怕沒有資格玩這款遊戲了……」不會有人這樣吧 XD 除非你立志成為電競選手，否則大部分人的都是歡樂享受最喜歡的遊戲，就算戰術有錯也無所謂，而持續玩就會累積經驗並自然進步。我自己玩《任天堂明星大亂鬥》這款遊戲的經驗就是這樣，一開始我總是被電腦控制的對手壓著打，跟 Leo 對戰也是輸得很慘，但我還是很享受遊戲的過程，所以有空的時候，就會玩個一兩場大亂鬥。

這樣每天玩、也沒有人指導或糾正的情況下，我卻快速進步，從原本會被電腦控制的對手打到體無完膚，到

後來時常五命全滿華麗擊敗對手；從原本每場都慘敗給 Leo，到後來每場都贏他。喔其實他還是比我強啦，但我會搶走他手中的搖桿，然後打飛他的角色。這也是一種策略上的進步嘛。你一定也有類似的體驗，或許不是電動，但很多時候，我們只要持續重複接觸，就能無師自通。

Spark Joy 英文小日記也有一樣的效果：你只要持續開心地用英文記錄生活，即使有時候句子不是很完美，你也會越來越習慣用英文自在表達自己，或是因此查詢到對你的生活實用的字句，即使你仍然會寫出不完美的句子，但逐漸能以英文舒服地表情達意，如此的進步，已是原本遙不可及的一步。說實在的，你我雖然高度掌握中文這個語言，也絲毫不代表我們的中文是「完美」的啊，還有很多台灣人把「必須」寫成「必需」呢！關鍵始終是在你能不能**用一個語言，自在地表情達意**，而不是產出完美無缺的華麗金句。

確實，你的語言產出還是要有基本的正確程度，才可以讓讀者理解訊息。預算比較多的人，當然可以聘請老師來批改英文小日記甚至作文，但如果你想要先自行練功，那好好維持英文閱讀的原子習慣吧，他會是你最溫柔而且專業的英文寫作老師。只要持續閱讀，你便會**「觀摩」**和**「吸收」**自然的英文句子，在潛移默化下寫出越來越好的句子。以原子習慣持續讀、持續寫，你就能見識到前所未有的進步，感受到學習的喜悅。

## 「中翻英」就輸了

小日記寫多了，對英文表達的自信會提升，有自信的你，在網路上遇到國際網友，想要英文筆戰時，就可以勇敢發聲了！看你是想戰香菜、戰珍奶還是戰性別議題，你都有信心用英文溝（嗆）通（聲）了。不過賓狗要貼心提醒你，如果你用英文與人論戰，你一定要練習**「開門見山」**，千萬不要用中文的寫作邏輯擬稿再翻譯成英文，因為這樣的中翻英風格，是不會有人理你的。

中文的論述結構常常是起承轉合，也就是情境與細節慢慢鋪陳推進，最後開展出關鍵論點，這是我們在學校寫中文作文的時候，老師會教導的寫作架構。相較之下，英文的**論說文（argument）**常見結構是開門見山，一開頭就直截了當揭露關鍵論點，然後再慢慢補充細節與理由。

《聽新聞學英文》的忠實聽眾可能已經回想起，早在2021年夏天時，我就曾在第333集分享英文寫作的技巧，在這集之中，我們比較中文及英文論說文寫作結構的不同。當時日本東京奧運即將開始，卻遭遇全球疫情衝擊，引起一個熱門的話題：如果我是運動員，今年會報名參加奧運嗎？欸疫情正嚴重耶，該不該冒這個風險出國比賽呀？在第333集之中，我就以上述題目，分別寫了中文及英文的版本，唸出來讓聽眾比較結構上的不同，我們簡單取出其中一個段落，比較其中一個論點就好，畢竟網路筆戰時，常常是寫留言互（ㄔㄠˇ）動（ㄐㄧㄚˋ），而不是

自己譜寫一篇貼文嘛，所以這裡就簡單抓出其中一個論點做中英對比，相信對各位網路筆戰會更實用。

## 中文留言 vs. 英文留言

先說我心裡的想法：如果我是運動員，我會去參加奧運，因為運動員職業生涯很短，這恐怕是不得不承擔的風險。這是我下筆前心中的想法，若透過偏向中文起承轉合的結構呈現，會是這樣的資訊結構：

 聽新聞學英文 with 賓狗：
p H 值最低的英文教學 Podcast ✔

3 小時

**如果你是運動員，今年會報名參加奧運嗎？**

👍 賓狗和其他 1.2 萬人　　　500 則留言　88 次分享

👍 讚　　　💬 留言　　　↪ 分享

 賓狗 ✔

今年全球疫情那麼嚴重，奧運當然也蒙上一層陰影。有些人說運動員就不要參加奧運了啦，染疫多危險呀什麼的，但如果我是運動員，我還是會去，畢竟運動員職業生涯很短嘛，還是得冒個險 @@

讚　回覆　1 小時　　　 30

從上圖的中文留言中可以觀察到，中文的論說結構，可以先鋪陳資訊，最後才把主要的論點「職涯很短，也只能冒險」端出來。在中文寫作裡，這樣的論述方式並不少見，也不會令人覺得奇怪，但若要用英文闡述同樣的論點，最好調整論述的結構，採取開門見山的模式會比較符合英文讀者或網友的期待，讓你在網路筆戰時，可以快速吸睛，徵集更多讚或同仇敵愾的網友。例如下面的留言，就是開門見山的論述結構。

 聽新聞學英文 with 賓狗：
p H 值最低的英文教學 Podcast ✔

3 小時

**If you were an Olympic athlete, would you participate in the Olympics during the pandemic?**

👍 賓狗和其他 1.2 萬人　　　　500 則留言　99 次分享

👍 讚　　　💬 留言　　　↗ 分享

 賓狗 ✔

I certainly would cuz an athlete's career is short by nature. Some might suggest not going to stay safe. I know the risk could be high, but it would be worth the risk.

讚　回覆　1 小時　　　　👍 70

　　從上圖的英文留言中可以看到，重點「我會去奧運」在第一句就直接登場，開門見山說運動員職涯很短，後面才補充一些細節，像是「疫情之下確實會有人建議運動員別去參加奧運」、「我也知道風險很高，但這是必須冒的風險」等等的次要資訊。

　　對比前一張圖的中文留言起承轉合，不難發現兩者論述順序及結構的不同，也更能理解到在英文寫作之中，若不假思索地句對句翻譯，完全不調整論述的結構，這樣的「中翻英」對英語受眾來說會顯得拖泥帶水。而網路筆戰要贏，講求的是人氣、是多少人按讚附和，而你精心雕琢的留言，是想得到破千讚登上擂台，還是墜入演算法深淵黯然神傷，就看你開門見山的功力啦！

　　如果你不只想寫短短的留言，還想在網路上發英文長文，或是有英文學術寫作等需求，也歡迎來《聽新聞學英文》第333集聽英文長文的結構，讓你的文字篇幅再長，仍然帶著開門見山的強勁力道唷！

《聽新聞學英文》
Podcast 節目
第333集

## 輪到你了

　　找一本看了就「心花開」的日記本或是日記app吧！不管是外觀或是功能，儘管挑剔一番，找出讓你怦然心動的選擇。接著，挑選一個固定的時間，每天都在那一刻寫你的 Spark Joy 英文小日記，只要一句就足夠了，越小的原子習慣，會有越強的學習續航力；每天持續寫英文，絕不貪多，反而才能長長久久學習下去。

　　講到細水長流的智慧，在第二章的最後要再次提醒聽眾，想建立英文自學的原子習慣，就必須有耐心、不貪心。無論是聽、說、讀、寫的練習都一樣，我們不能猴急，要追求**「超常持久」**，而不是短暫的「電光石火」；目標要設定成**與英文「朝夕相處、一生相守」**，而不是「轟轟烈烈、三天決裂」。所以一定要找喜歡的主題、適合自身程度的材料，並且將學習切割成小小的單位，建立起迷你的原子習慣。

　　這本書探討的是英文自學，既然是「自學」，你就是老大，英文學習的節奏由你掌握。請務實觀察，下班下課後的你對什麼感興趣，還剩餘多少時間和力氣，再為自己設計出務實可行的原子習慣。也許現在的你太忙、太累或是還對英文感到害怕，那麼你就真實面對這樣的心聲與狀況，別貪求聽說讀寫一次到位。你可以先建立 input（也就是聆聽及閱讀英文）的原子習慣就好，例如每天通勤聽一句英文、睡前讀一句英文，就視為達標，hurray！想要

自學英文，想讓語言融入生活，就要把衝刺的決心換成綿長的耐心，積沙成塔、細水長流，最後終會流向廣闊的大海，讓你勇敢在世界闖蕩。

# 英文將為你的生活 帶來樂趣

讀到這裡，你已經無形中加入了Spark Joy Community。Spark Joy Community是賓狗的聽眾及學生所構成，你我都深深意識到：想要活用英文，或是在畢業後自學進化，就要讓英文以怦然心動的方式，融入生活之中，而這就是賓狗分享的「怦然心動英文學習法Spark Joy Method」的精神與力量。而除了踏實為當下的生活養成原子習慣之外，賓狗也將在第三章中分享英文為我實現的美夢，讓你看見學英文的自己，如何解鎖人生潛力、走向無限的可能。

Spark Joy
Method

# 賓狗的英文職人生活樣貌

想讓英文學習更有動力嗎？你可以眺望遠方，想像在英文變好的未來裡，你能實現什麼夢想。第三章就要讓你一窺賓狗的英文職人生活樣貌，帶你看見英文學習開啟的各種可能。每一篇的結尾，我會用這一小段經歷分享三個單字，你可以藉此增加字彙量，也記住英文學習為人生帶來的無限可能。

## 3-1

# 媽呀，我上電台了！——中廣新聞網實習

### 口譯之外的選擇

在第一章之中，我分享了求學期間英文學習的經歷，接下來我們從研究所期間的實習工作出發，分享英文職人的各種職涯出路。我就讀台大翻譯碩士學位學程口譯組二年級時，開始思考將來理想的工作，我首先排除了口譯，因為那樣高壓的工作，會讓我老太快，我還想要再娃娃臉十年呀（吶喊）。就在有些迷惘之際，我翻譯所的吳敏嘉老師發臉書訊息給我，她說學程最近開了新的實習，學生可以申請到中廣新聞網電台擔任實習新聞編譯。

老師在訊息中寫到，她覺得我的聲音和能力非常適合，鼓勵我嘗試，於是我就答應了。老實說，一開始我主要是為了畢業所需的實習學分而答應，加上一般人也沒有

機會進到電台看看，而且反正實習內容是中英新聞編譯，我很有興趣，那麼就去看看吧。當時我是以這樣平淡和嘗試的心情，走進中廣的大樓。

## 初試啼聲好心情

實習第一天，我以為只能幫國際新聞部的大姐分擔編譯工作，也就是產出新聞翻譯稿給電台主播唸，結果第一天快要下班前，大姐跟我說，欸你這篇整理得不錯唷，下班前要不要進錄音室錄成報導，等一下在電台播放。

哇，才第一天，就被前輩帶到隔音很好的小房間（怎麼聽起來怪怪的），面對超大的音控台，拿著手上剛印出來的，自己編譯的文字，錄製我的第一則電台報導，而且最後還要唸上一句「中廣記者楊文斌編譯」，真的是意料之外的發展跟快感。我從沒想過，聲音工作原來這麼有魅力，好像開啟了新宇宙！當天回到家，我立刻把第一篇電台報導上傳到Facebook分享，結果我的老師、家人、朋友都說我的聲音很適合透過耳機聆聽，非常醇厚好聽。

這份實習為我帶來正面評價，讓我越來越喜歡聲音工作，我也在前輩的指導下，更懂得如何彙整複雜資訊，再化為簡單好懂的語言，並且用自然說話的聲音朗誦逐字稿。說起來，那時候在電台學到的資訊統整、知識轉譯以及口語表達的硬功夫，都紮實運用到現在的《聽新聞學英文》了！

當時的我碩士二年級，已經開始思索將來的職涯，而這份實習不但帶給我成就感，又能持續關心世界脈動，對我而言是非常理想的工作。於是我開始夢想成為電台新聞主播，坐在錄音間裡即時播報新聞，用聲音與世界產生遙遠卻親密的連結。

## 分秒必爭的播報室

夢想在心底萌芽的我，鼓起勇氣問前輩，可不可以讓我進到播送新聞的錄音間，觀摩主播工作的模樣，而電台的大哥大姐都很幫忙，找了一個時段，安排讓我進到錄音室，觀摩現場正在播送新聞的主播帥氣俐落的樣子。我總共進去觀摩了兩次，分別是一位大哥與一位大姐，他們面對現場播報工作都非常專業而游刃有餘，工作之餘還能找到各種廣告或是播放報導的空檔，向我分享播報的技巧跟注意事項，也非常強調一心多用及分秒必爭的重要。

分秒必爭是因為，電台新聞是現場播放，前後都會有節目或是廣告等安排，一旦時間沒算好，就會影響到後面的節目，或是沒辦法完整播報手上的新聞資訊，所以電台主播摘要的功力必須很強，要言簡意賅抓出重點。

除了說話簡潔、分秒必爭的能力之外，一心多用也是關鍵技能，因為電台新聞同時還要分享路況資訊、財經股票、各種即時快訊，這些都需要靠主播眼明手快地留意不同螢幕、切換不同聲道、播報由記者事先錄製的報導

等等。在旁邊觀摩，真的覺得電台主播簡直比口譯員還要忙，不但需要在腦中快速處理各種資訊，還需要操作各類裝置，有時候還要照顧坐在旁邊呆呆傻傻、內心發出日本綜藝節目的「欸～～～思給！」的實習生（對就是我本人）。電台主播真是太帥氣了。

## 聲音工作的夢想萌芽

每週進到電台實習，為主播編譯國際新聞、錄製成報導，甚至進到錄音室觀摩電台新聞主播工作的模樣，我認識了新聞電台工作的各種面向。我決定開口問問前輩，是否有機會進到國際新聞部工作延續這樣的感動，為聽眾整理資訊、編撰報導、在空中相會。

我詢問之後的結果呢？前輩稱讚我實習的表現，但坦率表示廣播電台已經是相對成長停滯的產業了，恐怕暫時不會擴充人力。簡單來說就是被發好人卡啦（你很棒，一定會找到更好的對象）。啊前輩都這樣說了，我也沒辦法，只能好好把握剩下的實習時光，把碩士論文寫完再來思考工作的事。

那時候當然是蠻失望的，但回頭看來，也還好那時候與中廣新聞網沒有緣分，後來才能遇上另一份工作機會，進而**在逆境中更認識自己**，《聽新聞學英文》podcast節目也才能誕生並陪伴聽眾。

現在來用這一段電台實習經歷，一起來學三個單字吧！

**1** expect 預期 -動詞

I didn't expect to learn so much about myself during the internship.

我沒有想到，這份實習機會能讓我更認識自己。

Expect 是「認為或相信某件事情會發生」，以上文中的故事來看，一開始我對這份實習機會並沒有特別預設什麼，只是想進入電台的世界看看，沒想到收穫超乎預期，我也因而發掘對聲音工作的熱情以及潛力。所以，「我沒有想到，這份實習機會能讓我更認識自己」，英文就可以翻譯成 I didn't expect to learn so much about myself during the internship.

Expect 也可以用被動型態，比如說，台灣的 podcast 產業還在持續成長，各界預期會有更多人加入聽 podcast，你就可以說 The continued growth of podcast listening is expected.（Podcast 收聽數會持續上升，這是目前預期的發展。）或是某項產品在開發階段有諸多缺陷，但隨著不斷調整，可以預期其品質會改善，這時候就可以說：The quality is expected to improve.

2 audio 聲音的 -形容詞

Radio shows and podcasts provide their audience with information in an audio format.

電台及 podcast 節目透過聲音傳遞訊息給聽眾。

　　這次電台實習讓我聽見「聲音」這個媒介的獨特魅力與優勢，也讓我發現自己對於聲音工作的熱情與能力。無論是電台或是 podcast 節目，都是透過聲音傳遞訊息給聽眾，沒有畫面、只有聲音。你可以用這個例句來形容這樣的訊息傳遞形式：Radio shows and podcasts provide their audience with information in an audio format. Format 是資訊形式的意思，audio format 就是以聲音形式存在的資訊，而這顯然就是電台或 podcast 提供聽眾資訊的方式啦！

3 job offer 工作機會 -名詞片語

The internship went well, but I didn't get a job offer.

雖然實習表現不錯，但我沒有拿到工作機會。

　　求職跟戀愛是一樣的，並不是你客觀條件好、表現優良就夠，還得要有緣分才能夠得到夢想的工作或佳人，就像我在電台實習表現雖然不錯，但是該電台當下不缺新聞編譯人手，我便無法拿到工作機會。若用英文表達這樣的經歷，我可以說：The internship went well, but I didn't get a job offer.

Went well是go well的過去式，意思是進行順利或是表現良好的意思，所以我實習表現良好 The internship went well，但是我仍然沒有拿到工作機會 a job offer。Job offer就是公司提供的工作機會，可以搭配的動詞是get。若組合在一起，「得到工作機會」就是 get a job offer，也可以選擇只說 job或offer，例如 get a job或是 get an offer也都是自然好理解的英文表達方式。

而因為我當時是被電台拒絕了，所以說but I didn't get a job offer（但我並未得到工作機會邀請）。我也可以用get rejected這個動詞片語來表示自己被公司拒絕，放進句子裡可以這樣寫：but I got rejected by the company。

你也可以

在你跟隨第一章及第二章的方式，讓英文融入生活之中後，你會逐漸進步，漸漸超越他人的英文能力，而英文變強的你，若對新聞編譯有興趣，可以考慮應徵電台編譯、新聞媒體編譯、甚至有機會成為英文新聞主播呢！

3-2

朝
九
晚
五
行
不
行
？
——
法
律
事
務
所
全
職
翻
譯

# 3-2

# 朝九晚五行不行？
# ——法律事務所
# 全職翻譯

　　在中廣新聞網實習結束後，我在台大外文系教授張嘉倩老師的指導下，寫完碩士論文並通過口試。碩士論文是難熬而漫長的挑戰，可能努力寫了一個月，方向卻不正確，只好砍掉重寫；可能跟老師約兩個禮拜後開會，結果進度少到羞於見人，只好厚著臉皮苦求老師延後兩個禮拜。我完全可以理解為何很多碩士生會選擇肄業，放棄完成碩士論文。所以在這邊，我真的要深深感謝張嘉倩老師專業又溫暖的指導，帶我有效率地完成碩士論文。

## 畢業前找到高薪工作

對碩士生來說，順利通過論文口試的那一刻，肩膀上的大石頭會瞬間變成熱氣球，不但沒有重量，整個人還會飛起來，覺得自己無所不能。至少我那時候是這樣輕飄飄的狀態，輕飄飄到我當時看到一份工作職缺時，完全忘記考慮自身興趣，就憨笑著寄出應徵信。

故事是這樣的：口試剛通過沒多久，碩士學程的臉書社群出現一個工作面試的機會，是一間法律事務所徵求全職的翻譯專員。回想起來，這並不是一份會令我怦然心動的工作，因為我對法律翻譯並沒有特別喜歡，以前在外文系的翻譯學程接觸到法律翻譯時，我也沒燃起多少興趣，但這次看見法律事務所的翻譯工作機會，我竟然莫名積極採取行動，開始撰寫履歷、積極準備試譯測驗等等。雖然當時我還沒有法律翻譯的經驗，但憑藉著學校紮實的口筆譯訓練，我順利通過層層篩選，進到面試階段後也與法律事務所的合夥人及翻譯部主管相談甚歡，最後快速收到公司的錄取通知。

如期通過口試、完成碩論、又在畢業前應徵上專業體面、待遇優渥的工作，這時候的我，心情非常好，就連踢到石頭摔了一跤也不發怒、不氣餒，反而還能蹲下來對石頭說聲：「對不起小石頭，下次我會小心，不會再踢到你唷，Take care！」整個人在九霄雲外，完全不理性的幸福狀態。不過這樣的漂浮狀態，並未持續太久。

## 上班第一天，卻在看退休規定

一直到上班的前一天，我都是萬分期待的。天眞的我很嚮往成爲帥氣的上班族，像日劇裡的男主角那樣瀟灑俐落完成工作，下班後用賺來的錢吃拉麵、看電影、玩電動，就這樣規律生活下去，我以爲自己喜歡那樣穩定的生活。

結果，上班第一天的下午，我就開始讀公司的退休章程，計算著幾歲可以離開公司，領退休金過清閒的生活。上班生活才剛開始，我已經隱約意識到這樣的作息不適合自己，巴不得趕快離開公司，但我決定先努力調整看看，希望能適應朝九晚六的上班族生活。

## 熱情自由 vs. 穩定規律

我會那麼不甘願去公司上班，很大成份是因爲我出身翻譯所。每個翻譯所學生畢業前，很自然會思考要成爲 in-house translator（全職譯者）還是 freelance translator（自由譯者）。

**In-house translator** 簡單來說就是上班族譯者啦，受單一機構聘雇，爲公司翻譯各類文件或是提供會議口譯，是大眾比較容易理解的職涯。**Freelance translator** 則是自雇者，也就是不隸屬於任何機構，以自由工作者的身分，承接各類中英翻譯案件並領取酬勞。翻譯所的許多校友跟

老師也是 freelance translator，也就是說，對翻譯圈子的人來說 freelance 跟 in-house 都是同等好的選項，各自有優缺點，只要衡量自身個性，做出喜歡的抉擇就行了。

說到這個，我的頻道 partner Leo 剛畢業成為 freelance translator 期間，是以翻譯書籍為主，他爸爸媽媽關心慰問工作進度的時候，還會說「功課做完了沒？」。換句話說，他們那時無法理解「自由譯者」這樣的職涯型態，覺得 Leo 就像還沒畢業一樣，還在家敲鍵盤寫報告。唉，要是在學校交報告可以依照字數收錢，大學生就再也不會翹課了吧！但 Leo 父母的反應，也顯現出一個事實：不瞭解翻譯圈生態的人，常常會將 freelance translator 視為「打工仔」，因為沒工作就沒收入，也不隸屬於單一機構，某個角度而言，確實是比較沒有保障而不穩定的選擇。

但在翻譯的圈子裡，自由譯者是很常見的一條路。我跟 Leo 都認為，自由譯者並不是「打工仔」，而是**「微型創業」**，我們靠著翻譯專業成為自雇者，與客戶和業界建立良好信任關係，擦亮譯者招牌。這樣自由而不受單一機構束縛、翻譯的文件主題新鮮多變，是我跟 Leo 所嚮往的譯者職涯，我們也早在大學及研究所課餘時光承接零星的翻譯案件，早早就嘗試自由譯者的生活。

## 嘗試過更確定

　　讀到這裡，你可能想吐槽：「啊都知道喜歡自由譯者這條路，你幹嘛浪費時間跑去法律事務所當 in-house translator 呢？」是這樣的，一方面我那時候剛通過碩論口試，腦袋空空只裝著甜甜棉花糖，未經深思熟慮就投遞應徵信了。二方面，我是為了嘗試而嘗試。很多事情靠想像是不準的，實際嘗試後才會知道是否適合自己，這就跟穿衣搭配一樣，想像中，我只穿一件牛仔工作服的樣子，應該是性感瀟灑又率性，欸但實際穿好走到鏡子前，我才驚覺：Holy sh\*t！這可疑的怪大叔是誰呀？趕快打電話報警！

　　嘗試朝九晚六的上班生活後，我感受到上述這種落差：在想像的世界裡，我可以適應上班族生活，但實際嘗試後才發現我並不喜歡。**喜歡與否是很主觀的感受，很難歸因於任何單一元素**，但如果硬是要分析，我覺得自己會不喜歡這份上班族工作，是因為兩個原因：一、法律翻譯不是我的興趣，二、工作時間不自由。

## 為什麼不喜歡？

　　前文隱約透露出，在學期間我並未對法律翻譯產生太大興趣，而實際進入法律事務所大量翻譯法律文件之後，我更確定自己的興趣不在這裡。我比較喜歡翻譯有情感或故事的文本，而不是制式冰冷、詮釋空間較小的法律文件。

工作內容都是冷酷的法律文件，滿滿的利益攻防戰，還必須被公司規定上下班時間，每天關在辦公室的時間那麼多，一點也不自由。不消幾個月，我基本上心意已決、準備離職，但為了更確定心意，我決定待滿一年後再離開，並回到自由譯者的生活。

## 熱情遠比天份重要

　　經歷這份工作後，我認真建議讀者在做職涯選擇時，一定要**更正視自己的興趣**，不要只以能力和薪水來做決定，這樣是走不長久的，至少以我的經歷來說，確實是如此。我向主管及合夥人表示想要離職成為自由譯者時，他們十分驚訝，因為我的工作表現好，非常快上軌道，早早就能負責事務所內所有文件翻譯的工作，而且這份工作的待遇很優渥，比大部分自由譯者的收入高，所以主管及合夥人難以理解，我為何想離職成為自由譯者。

　　沒辦法，我對這份工作毫無熱情可言，它是一份我能輕鬆做好的工作，但我的生活卻變得煩悶而無趣，只能靠下班花錢紓壓，然後看著那件牛仔工作服覺得渾身不自在＋傻眼貓咪。與其這樣苟且度日，我想要翻譯喜歡的文本，做有熱情的工作，好好活在當下，所以我離開待遇優渥、體面穩定的工作，回到房間翻譯書籍，回到爸媽會問：「功課做完了沒？」的生活。

現在就利用賓狗這一段上班族生活，來學三個單字吧！

---

**1** quit 離職 - 動詞

I wanted to quit my job on the very first day.

上班頭一天，我就想離職了。

---

到法律事務所上班第一天，我就開始查退休相關規定，可見上班頭一天，我就想離職了。如果你也有過一樣的心情，或是將來遇到不喜歡的工作，產生類似的感受，你可以用英文這樣表示：I wanted to quit my job on the very first day.

On the very first day 是「工作的頭一天」，這邊的 very 是用來加強語氣，強調工作的第一天「竟然就」已經想要離職的情況。Quit a job 是離職的意思，quit 是離開某處或是停止做某件事的意思，所以 quit a job 停止從事某工作，就是離職的意思。講到辭職，很多學生會想到 resign 這個字，resign 跟 quit 意思相同，但 resign 是比較正式的說法，大概可以這樣理解：

---

The senior minister is about to resign.

資深經理準備辭職了。

The senior minister is about to quit.

資深經理不幹了！

---

透過這組翻譯，你應該可以感受到resign跟quit在語氣跟情緒上的不同囉！

---

**2** I did my best, so I have no regrets.
只要曾經全力以赴，就不必感到後悔

前面提到，我原本以為會喜歡機構內全職譯者（in-house translator）的工作，但實際嘗試之後才發現，我並不適應這樣的生活。我也曾經反省，當初是否無端浪費一年的光陰在不喜歡的工作上，但仔細思考之後我發現，這樣的懊悔情緒其實是一種無謂的懲罰，也否定了當時勇於嘗試、全力以赴的心。於是我轉念：只要曾經全力以赴，就不必感到後悔。I did my best, so I have no regrets.

Do one's best是全力以赴、盡力而為的意思，regret是名詞，懊悔、後悔的意思，所以想要安慰自己「只要曾經全力以赴，就不必感到後悔」，你可以說I did my best, so I have no regrets.

---

**3** freelance 自由接案 - 動詞
Freelancing is running a business.
自由接案其實就是經營一個小小企業。

上面提到，我跟Leo都是從大學及研究所期間就承接零星的翻譯案件，等於是早早體驗自由譯者 freelance

translator的美好滋味。Freelance可以當形容詞，指「自雇的」意思，也就是不隸屬於單一機構，自成一個小小企業，各個機構跟單位都可能成為我們的案子來源。

Freelance這個字也可以當作動詞使用，意思就是「自由接案」，不論你是譯者、設計師、工程師，只要你以專業實力在市場上自由接案，這樣的工作型態就是freelance。而就像前文中我所提到的，我跟Leo都相信，自由工作者（freelancer）並不是「打工仔」，而是「微型創業」，因為 Freelancing is running a business，自由接案其實就是經營一個小小企業呀，充滿許多挑戰及機會。

下一小節將深入分享我與Leo的自由譯者生活，讓你更瞭解自由接案的優缺點，也看見為什麼 Freelancing is running a business！

**你也可以**

自由接案及受人僱用各有利弊，主要還是看你的個性適合哪一種生活，無論是哪種工作型態，請務必培養起本書的怦然心動英文自學習慣，因為英文越好，你的職涯選項就越廣，越能夠打造夢想的工作與生活。

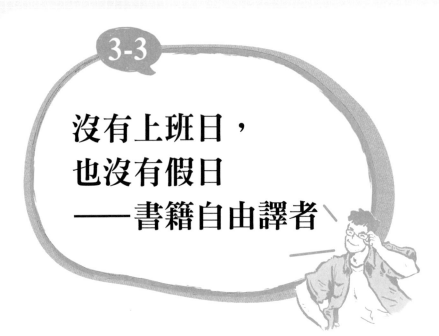

## 3-3

# 沒有上班日，也沒有假日——書籍自由譯者

　　上一小節的分享，讓你一窺全職譯者的生活樣貌：穩定月薪、翻譯大量同領域之文件、朝九晚五缺乏時間及空間的自由，而我並不喜歡這樣的工作與生活，所以在工作大約滿一年之後，就離開公司成為自由譯者，自立門戶承接翻譯案件。這一小節就來分享自由譯者的生活樣貌。

## 美夢成真

　　在公司裡忍耐了一年，離職開始自由接案的我，真的是走路輕盈、臉帶微笑，自由的空氣好甜好甜，連全糖芋頭布丁珍珠奶茶都比不上的甜。自由譯者的案件類型很多元，我可以翻譯不同主題的書籍及文件，感受到文字裡想

傳達和溝通的訊息，而不是整天只能困在法律文件堆裡面，聽Ａ公司又要怎麼跟Ｂ公司約法三章、彼此攻防。相較之下，書籍跟案件的主題及領域會不斷變化，從核磁共振安全手冊、區塊鏈白皮書、影片字幕等等，我跟Leo都曾翻譯過。邂逅的案件是如此多元而不可預期，我跟Leo都很享受這種新鮮感以及挑戰的快感。

自由譯者的時間及空間也是自由的，我們不需要朝九晚五，可以睡到早上十點才起床，再到喜歡的咖啡廳的靠窗角落咬文嚼字翻譯書籍。除非是趕稿日，不然自由譯者還可以自行排假，趁著平日造訪喜歡的景點、上街購物，不像上班族只能在週末出門透氣，結果卻困在人擠人的環境。這樣聽起來，自由工作者簡直過著神仙一般的生活，這世界上大概只有房東比自由工作者爽了吧。偏偏，事情沒那麼簡單，自由工作者要是完全無憂無慮，上班族早就傾巢而出，留下公司空蕩蕩的一片，而在那樣的辦公室裡，留下來繼續受僱的上班族若是抽泣，還會聽見自己的回音。

## 要自由？先自制。

自由譯者的生活絕對有缺點，首先，**沒有人會監督你了**！沒有人要求你早上九點上工，晚上六點才可以離開，你接到一份案子之後，要自行規劃工作進度，好在截稿日期前順利交稿給客戶，而沒規劃好的人，只能在交稿日痛

苦熬夜、不眠不休趕著交件。然而,對於自制力高的人來說,這其實是自由工作型態的優點。自制的人之所以能夠自我鞭策、追求進步,是因為**內在就有驅動力**,而自制的人大多喜歡以自己的節奏前進,不喜歡由別人規定及管束,所以自制力強的人很適合自由工作之生活型態。

我就是這種自制型人格。我跟 Leo 吃飯時會配著看 Netflix 的電影或影集,一旦吃完飯,就算電影才演到一半,我照樣迅速伸出手指,無情按下暫停鍵,跟 Leo 說:「好囉～要工作囉!(燦笑)」說起來,我之所以喜歡自由譯者的生活,真正的關鍵在於我是抖 S:我喜歡鞭策別人,不想在辦公室被老闆鞭策(誤)。

### 沒有上下班 = 隨時都在上班

身為自由工作者,我很喜歡這句模擬英文對白:

*Friend: It's a date! I'll meet you after work.*
朋友說:「說定囉!我們就約定下班後見。」

*Freelancer: Um... what's 'after work'?*
自由工作者:「欸……『下班』是什麼?可以吃嗎?」

雖說自制力強的人很適合自由工作者的生活型態,但強大的自制力也可能是一把雙面刃。自由工作型態的一大特色就是行程比較彈性,隨時可以休息放假,不需要等到週末或連假才能放鬆,但是這也代表**「隨時都可以工作」**。若一個月後是書籍翻譯的交稿日,自制力強的你該

如何安排休息時間呢？會不會忍不住想每天沒日沒夜敲鍵盤，只爲提早交件呢？假設眞的日以繼夜、拼死拼活趕稿，成功提前一個禮拜交件好了，準備要放一週長假的你，這時候卻收到新來信，是一份字幕翻譯的急件，而且這禮拜就要完成，這下好啦，自制力強的你接不接這個案子呢？

不接太可惜，因爲你是自由譯者，必須要把握難得遇到的機會，累積更多信任你的客戶；但接下這份急件的你，雖然多賺一份收入，但書籍翻譯累積的壓力都還沒排除，就要繼續灌咖啡、敲鍵盤、肩頸痠痛地撐下去。仔細回首，過去整整一個月，你都埋首於工作之中，雖然沒有人規定上下班的時間，但你每分每秒都在工作。

這就是自由工作型態的魅惑陷阱：我們以爲只要離開那個慣老闆，開始自由接案後，人生就海闊天空，再也不用過著熬夜爆肝看日出的生活，但實際上自由工作型態考驗的不只是自制力，你還要**懂得取捨**，能取捨的自由工作者才能找到平衡，過著有收入、有熱情、有時間追 BL 劇（?!）的理想生活；貪心不懂取捨的人，則會失去平衡，過著有收入、有黑眼圈、有訂閱 Netflix 但沒時間看的空虛生活。所以想成爲自由工作者的人，除了自制力之外，也要準備好提升取捨能力唷。

## 什麼都是有代價的

第二個缺點是**收入來源不穩定**。由於沒有固定的雇主，即使有長期合作的出版社或公司，對方也不需要保障你的工作收入，這是一大缺點，而且這點除了會給生活帶來很具體而實際的財務壓力之外，我還會忍不住拿現在的收入跟過去的正職月薪做比較。特別是剛開始接案時，案源相對不穩定，收入大不如前，我就忍不住比較起薪酬數字，微微後悔當初離開公司的決定。

但幸好我在離職前撐了一年，好好權衡全職譯者的優缺點，所以通常很快就抓回心裡的平衡，瞭解到**這世界上沒有完美的工作**。雖然收入減少了，但還是可以吃飽喝足；或許收入減少了，可是因為是喜歡的生活，壓力沒那麼大，就不用像厭世上班族時期那樣，每天吃昂貴外食還要花通勤費，又因為壓力太大轉一堆扭蛋、買一堆沒場合穿的內褲（?!），整體收支平衡下來，自由譯者的收入未必比較差。

寫到這裡，真的很慶幸當初曾經嘗試過上班族生活，我才能更全面瞭解全職 vs. 自由接案的優缺點，更認識自己的個性適合哪個工作型態，也才能透過文字將我的經驗與你分享，幫助你做出最好的選擇。

## 書籍翻譯

　　自由工作的頭兩年差不多是2018年中到2020年期間，我跟Leo主要的工作是書籍翻譯，也就是接受出版社委託，將國外的好書翻譯成中文給讀者閱讀享受，而這同時也是我跟Leo最喜歡的翻譯案件類型之一。書籍翻譯其實是蠻大的挑戰：首先，由於書本的篇幅比各類文件長很多，甚至可能接近十萬字，所以交稿時間會拉得很長，可能一份書籍翻譯就會持續兩到三個月的工作期，是極度考驗自律的馬拉松賽。此外，由於交件期限拉得很長，拿到翻譯酬勞的間隔也會拉得很遠，對於急需用錢繳房租、付水電費、或是定期打鳳凰電波的人，這會是不小的壓力，生活都無法安心了呢～

　　然而，我跟Leo還是很喜歡書籍翻譯，因為我們喜歡閱讀、喜歡書本，而翻譯書籍就像是深度閱讀一本書，還可以參與其出版過程，這點令我們非常喜歡。除此之外，書籍翻譯也能為譯者帶來「**成就感**」。一般的文件或字幕翻譯，常常不會標註譯者的名字，也就是說，不管譯者翻得再好再用心，交件之後就如同船過水無痕，有點淡淡的哀傷與空虛。但翻譯的書籍出版之後，書上會掛有譯者的名字，放在書店架子上展示，翻譯作品化為美麗的實體，能深刻感受到那是自己的翻譯「**作品**」，令我們很有成就感。

## 推薦譯作

　　如果想要閱讀我和 Leo 的譯作，我精選推薦其中三本書，是我們用心翻譯，而且內容也非常實用的好書。首先是《衝突溝通的技術》，讀完這本書，你會學到如何在衝突中面帶微笑、兩手插胸前、讓對方自取其辱、知難而退，我猜甄嬛床頭可能有一本。第二本是《無法測量的領導藝術》，這本書透過許多真實案例反映出一個真相：「大老闆和你想得不一樣！」，聽到這個標題，你以為又是老梗，又在講理財與企業管理的知識，但這個「不一樣」，竟然是在說有一群很特別的大老闆，他們熱衷於培養後進，不怕長江後浪推前浪。這樣溫暖的成功哲學，值得你一探究竟。

　　第三本推薦的是《我可以當母親，同時當國家總理》，講述的是紐西蘭總理傑辛達・阿爾登的獨特故事。她身居要職，有效領導國家防疫與前進，即使在重視權威與陽剛的政治界，她仍聰明大膽地展現同理心與溫暖，成為標誌性的女性政治人物。這樣的故事能給讀者啟發：不管在什麼領域努力，你都有機會做自己。只要有勇氣跟創意，就可以運用自身特質替專業加分，成為不可取代的存在。

## 文件翻譯

前面提到，書籍翻譯的一個缺點是譯者收款時間拉得很長，這會讓譯者沒有安全感，甚至直接影響到基本生活支出，因此，即使主要接書籍翻譯案件的自由譯者，也可能會兼著接零星的文件翻譯，一方面增加收入，二方面也能增加案源，讓生計更加穩定。我跟 Leo 也會在書籍翻譯期間承接較短的文件翻譯案，不但增加客源，也能為翻譯工作增添一些變化。

我們曾接觸的文件領域非常多變，從比較軟性的電視台字幕翻譯、時尚名牌包的內部培訓投影片、影展得獎作品字幕翻譯，到比較艱澀的科技公司網站、核磁共振安全使用手冊、區塊鏈科技發展英文白皮書的文字校閱都有，每份文件都是全新挑戰，也帶來很強烈的新鮮感。

## 不斷延伸、無限可能

眼尖的讀者或許已經發現，上一段所列舉的翻譯案件中，最後一份文件「區塊鏈科技發展英文白皮書」並不是委託我們翻譯，而是委託我們「校閱」，也就是提升其英文寫作品質。在形形色色的客戶眼中，他們看見的是自由譯者的中英文寫作能力以及處理文字的技巧，如果他們相信你的專業，那麼各種與翻譯或英文有關的工作，都是你的潛在案件，都落在你的守備範圍之內。

離開公司後短短兩年的自由工作期間，我翻譯了書籍及各式文件、承接了英文校閱案件、也同時展開英文教學事業。在翻譯所老師推薦下，我應徵上銘傳大學的英文講師，到校園裡帶大學生學英文；也很榮幸受到台大老師信任，受邀回課堂上演講分享翻譯這條路上的見識與心得。

　　不知不覺變成斜槓，這就是自由工作者的日常。


## 從斜槓走向個人品牌

　　我很喜歡自由譯者的生活，它滿足我對時間及空間自由的渴望，但人仍是貪心的，有了工作想要房、有了房子想要車、有了車子想要美人（或帥大叔）。我也是貪心的，有了自由工作的生活，我開始想要滿足靈魂裡蠢蠢欲動的表演慾。

　　我喜歡表達及表演，從外文系期間就會報名學校的歌唱比賽，還拿過獎呢！從小到大，我也是演講比賽常勝軍，在碩士期間又接受會議口譯訓練，所以我蠻擅於透過語言及文字和群眾交流。

　　而在自由譯者期間，我開始注意到網路上存在不少英文教學頻道，像是阿滴英文及 C's English Corner 等等，都令我很欣賞，他們順利在網路上帶大家學英文，這就讓我起心動念：既然現在的我可以自由調配工作及案件組

合，何不如撥出一些時間與精力，在網路上建立英文教學頻道呢？這樣一來，我可以把英文學習的方法分享給網友，打造一個英文教學及翻譯專業的個人品牌。

下一小節就來分享，自由工作者該如何利用手上的自由，在網路上發揮更大的影響力。現在就先用這一段自由譯者生活，一起來學三個單字吧！

> **1** self-employed 自僱的
> It's always a risk being self-employed.
> 自僱總是有風險。

自由工作者沒有固定雇主，是所謂自僱者（self-employed），所以必須自行招攬案件、收入相對不穩定、也需要強大的自制力才能保持效率，這些都是自由工作生活型態的辛苦之處以及風險。如果要用英文表示自僱的生活型態也不是完美無缺，「自僱總是有風險」，英文可以說：It's always a risk being self-employed.

> **2** come with something 伴隨而生
> The freedom that comes with freelance work is worth the effort.
> 自由接案型態伴隨而生的自由，讓辛苦都值得了。

雖然上個單字說到，自僱有其風險及辛苦之處，但與此同時，時間及空間的自由也伴隨而生，自由工作者可以不受時間及空間限制，享有規劃生活的自主權，這點對我而言非常有價值，所以才會如此喜歡自由工作的職涯。

如果要用英文表示「自由接案型態伴隨而生的自由，讓一切辛苦都值得了」，你可以說："The freedom that comes with freelance work is worth the effort." Come with something 是伴隨而生、伴隨出現的意思，例句中的 "freedom that comes with freelance work" 就是指「自由接案的生活型態，會有自由伴隨而生」，而這樣的自由，讓一切辛苦都值得了，也就是 be worth the effort。

**3 personal brand 個人品牌**

Having a personal brand has become necessary for a freelancer.

這個時代的自由工作者必須建立個人品牌。

正因為需要自行招攬生意，自由工作者必須建立其個人專業品牌，客戶才會安心將案件委託給你。很成功的個人品牌甚至可以吸引客戶慕名而來，讓你成為市場炙手可熱的專業人才，局面就從「你招攬生意」變成「生意排隊上門找你」。在這個資訊爆炸、許多產品及服務皆唾手可得的時代，自由工作者必須建立個人品牌，才能在客戶心中建立鮮明印象，在競爭者之間脫穎而出。

如果你要用英文表達個人品牌的重要性，你可以說：Having a personal brand has become necessary for a freelancer. 這個時代的自由工作者必須建立個人品牌。下一小節就分享賓狗草創個人品牌的經歷給你參考。

**你也可以**

如果你目前受人僱用或仍是學生，但心裡很想成為自由工作者的話，記得做好心理準備：你必須自行規劃工作作息、磨練自制力、學習在案件之間取捨，而且一開始的收入可能不太穩定唷。只要有這些覺悟以及適量的存款或 sugar daddy or mommy（?!），你也可以開始踏上自由工作者的道路，著手打造個人品牌，並享受自由接案帶來的各種好處。

## 3-4

# 善用自由，打開新窗 —— 在 IG 及 YouTube「出道」

上一小節提到自由譯者的生活型態，開始享受時間及空間自由的我，決定善用這份自由，打開人生及事業的一扇新窗，在網路上「出道」。

### 外文系的靈魂

我先和 Leo 達成共識，要在網路上「出道」教英文，之後就是一連串的腦力激盪與討論了。當時是 2018 年底，英文教學網紅已經不少了，我們應該要叫什麼名字、提供什麼樣的內容、建立什麼樣的個人品牌，都是非常需要思考的方向。話說「出道」前我們剛好去日本旅遊，還在京都跟大阪拍了很多嘗試性的英文教學影片。雖然是很

可愛的回憶，但是必須列爲高度機密影響，絕對不可以曝光，看了會尷尬癌發作、冷汗直流 XD

我們曾考慮用外文系讀過的文學教英文、用 vlog 教英文、賣肉教英文（?!），最後還是希望兼顧社會公益，決定把時事議題作爲故事情境，與網友一起學英文。會選擇時事議題作爲特色及主題，其實是受到台大校訓的感召，台大的校訓是「敦品、勵學、愛國、愛人」簡單來說就是要台大學生不要只想著往上爬成爲菁英，而是要善用自己的能力回饋社會。

當時剛入學的我，被這句校訓打到了，回頭看，眞是熱血的好孩子，怎麼如此天眞可愛（姨母笑）。雖然本宮早已年老色衰、百無聊賴、相信人生下來就是要受苦受難（嘆），但心底還是留了最美的房間給那位熱血小賓狗。因此頻道定調爲英文結合時事，讓網友在學英文的同時，可以認識重要時事議題。

我現在的世界觀及價值觀等核心想法，都受到大學期間所見、所聞、所讀影響很深，那是我人生非常重要的一段時光，在外文系學到太多珍貴的知識、批判的思考、溫暖的包容，這些力量值得分享給更多台灣人。既然整個頻道和我個人都深受外文系所形塑，何不如「出道」的名號就翻譯大學的綽號「Bingo」，以「賓狗」這個藝名闖蕩網路世界吧！

## 「賓狗」初登場

決定好名號、方向與內容之後，我們就選定 2018 年時很受歡迎的平台 Instagram 及 YouTube 出發，在 Instagram 上，我們教時事相關的英文單字，例如法國的黃背心運動（yellow vest movement）或是非洲豬瘟（African swine fever）這些當時非常重要的議題。而在 YouTube 上，我們用手機拍攝陽春簡單的影片，教生活英語跟時事英文，包括「吸貓怎麼說」、「耳朵懷孕怎麼說」、「打破性別刻板印象怎麼說」等等的主題。

話說……我們頻道拍攝的第一隻影片是教 balcony（陽台）這個單字。那表演之尷尬足以讓九千萬人驚呆，回頭看真是太羞恥、完全是黑歷史，不知道那時候腦袋是怎麼了，這輩子我絕對不會再開放 balcony 影片的觀看權限，永遠！XD

不過說實在的，如果當初沒有踏出 balcony 那一步，我也永遠不可能進步。而且如果沒有在那個時間點開始經營網路頻道和拍攝影片，我可能就不會被我的偶像蔡依林看見了呀！是的，我的網路頻道才出發沒多久，就幫我圓了一個追星夢，那是什麼樣的故事，又是怎麼做到的呢？下個小節跟你分享。

用這一段剛「出道」的青澀時光，一起來學三個單字吧！

## 1 social issue 社會議題

Even if we're not in positions to affect change, we still need to talk about social issues.

即使我們並非達官顯貴，仍應該要關注社會議題。

　　身在民主社會的你我，就算不是達官顯貴，也都能影響社會，這件事從選舉及公投等公民活動來看，最是明顯。為了讓社會更富裕美好、兼容並蓄，一定要關心社會議題；看似遙遠龐大的社會議題，到頭來會影響到我們的小生活，比如說職涯與創業的環境，或是養兒育女的條件，甚至是桌上的餐點價格。所以，「即使我們並非達官顯貴，仍應該要關注社會議題。」而如果要用英文表達這樣的概念，你可以說 Even if we're not in positions to affect change, we still need to talk about social issues.

　　Even if 是「即使」，in positions to affect change 是「能帶來改變的位置」，而有巨大影響力跟決策權的人通常是達官顯貴，所以 Even if we're not in positions to affect change 就是「即使我們並非達官顯貴」。Social issues 是社會議題，所以 we still need to talk about social issues 就是「仍應該要關注社會議題」。

## 2 a skeleton in the closet 黑歷史

Everybody has a skeleton in the closet.

每個人都有黑歷史。

誰沒有過去呢？剛開始拍YouTube影片時，我們還在摸索，技術與直覺也不夠成熟。雖然很感謝那時候努力嘗試的自己，但現在回頭看那就是黑歷史，沒什麼好說的！不過學習跟嘗試總是這樣，過程中會跌跤，會留下不堪回首的黑歷史，每個人都有這樣的秘密，深藏在衣櫃裡不想公諸於世。這樣的黑歷史就叫做a skeleton in the closet，藏在衣櫃裡的骷髏是見不得人的壞東西，也就是我們覺得羞愧見不得人的秘密或過去，a skeleton in the closet。

**3 little did I know that 我當時沒有料到**

Little did I know that my channel would bring me closer to my idol.

我當時沒有料到，網路頻道竟然讓我更靠近喜歡的偶像。

在下一小節，我會分享網路頻道帶來的第一個奇蹟：它讓我更靠近喜歡的偶像 —— 蔡依林。這樣的好處和福利，是我開創頻道的時候從未料想到的，Little did I know that my channel would bring me closer to my idol.

Little當形容詞是「小的」，當副詞則是「非常少或程度很低地」，通常帶來的暗示是「少到幾乎不存在」，所以little did I know可以理解成「我當時根本沒有料到」或是「我當時根本沒有想過」。我覺得這非常實用，可以用來表

達意料之外的心情，比如說：

我當時沒有料到婚禮會取消。

Little did I know that the wedding would
be canceled.

我當時沒有料到，我前男友會變成姐夫。

Little did I know that my ex-boyfriend would become
my brother-in-law.

我當時沒有料到，我會跟前男友的爸爸......

Little did I know that my ex-boyfriend's
dad and I would….

這句要是寫下去，這本書大概就不能出版了。就停在開放式結局，讓你自由編寫結局了蛤～下一小節來分享，我跟歌壇天王天后以翻譯結緣的故事。

**你也可以**

無論你是什麼領域的專業工作者，無論你是自由接案或在機構內服務，都可以透過經營網路頻道來建立個人品牌並累積網路上的聲量。擁有影響力的你能為在乎的議題發聲，同時讓更多潛在客戶看見你，其實社會貢獻及個人專業未必是互相衝突的。

# 巨星青睞，冒險寶藏——天王天后御用歌詞譯者

　　所有網路頻道都是一樣的：第一批 followers（追蹤者）就是親友同學老師，累積起來大概一百多人按讚，接著若想要被不認識的路人看見和喜歡，就要靠內容、實力或話題了。既然網路頻道成長需要時間，我就先一邊持續以自由譯者身分接案，一邊埋頭製作當時的英文教學影片，持續累積作品。

　　那段時間，我和 Leo 很常造訪一間名叫 Webberhood 的咖啡館，位在桃園，是我跟 Leo 超喜歡的一間店。雖然名字如此異國，但請放心，老闆跟闆娘是台灣人，而且很會聊垃圾話紓壓，推薦自由工作者去喝美味咖啡吃甜點，想發呆約會也很合適唷。而某天坐在 Webberhood 的傍

晚，我翻譯書籍累了，坐在位子上等 Leo 工作告一段落後去吃晚飯，於是就到 YouTube 上找歌來聽，一找不得了呀，我從小聽到大的偶像蔡依林出新歌了！

## 畢典舞台、旋轉跳躍

對一位女明星說：「我從小聽你的歌長大耶！」，鐵定是會被翻白眼、賞巴掌、再用高跟鞋踹倒在地（怕.jpg），但我真的真的是從小聽她的歌長大（再毆）。

Jolin 蔡依林的第一首單曲是《和世界做鄰居》，那時候我就注意到 Jolin 了，我還曾經買她的第一張專輯，當時可還是聽錄音帶的時代呢。後來 Jolin 每每發新專輯，就算沒錢買 CD，我也會緊跟消息，等著在電視上看新MV，說起來當時要聽喜歡的音樂真是困難重重呀。

但或許當時的困難，也加深我對偶像的愛：在電視廣告期間，突然看見 Jolin 的新歌 MV，那種不期而遇的驚喜感受，完全可以拯救少年賓狗的煩惱。講到少年的我，高中畢業典禮時，我擔任主持人所做的串場表演，就是跳蔡依林的《舞孃》這首歌，而在畢業生代表致詞橋段，我演講之中還插入清唱《和世界做鄰居》（真是個騷包）。我對 Jolin 從小到大的愛，想必是不言而喻；而我從小到大的悶騷跟表演慾，應該也是不言自明。

## 在咖啡館萌生的靈感

場景回到落地玻璃窗的 Webberhood 咖啡館，原本疲累想去吃晚餐的我，在 YouTube 上看到 Jolin 出新歌《怪美的》歌詞版 MV，喔喔喔好興奮！仔細聽歌詞，是講她出道以來被批評的自卑感受，以及浴火重生找到自信的心情，她不再需要追求完美，本身就是怪美的。

我完全被這首歌給震撼。身為鐵粉，我瞭解蔡依林一路上承受的罵聲與爭議，但在這首歌之中，我聽見偶像進化了，她蛻變成自信無畏的樣貌。恰巧當時的我很缺乏安全感：剛成為自由工作者、不確定離開法律事務所是否正確、正摸索著網路頻道的方向，《怪美的》這首歌出現得真是時候！這麼多的感動，我好想好想與人分享，可是 Leo 還在工作，一直碎碎念會被他怒瞪一波 XD 於是我想，不然就來翻譯這首歌，發洩我的熱情，也與外國人分享這份感動吧！

## 為愛翻譯

翻譯興致一來的我，開始狂敲鍵盤，那是我第一次翻譯歌詞，我靠著翻譯所老師給的紮實訓練，還有身為 Jolin 骨灰級鐵粉的雄厚背景知識，翻譯《怪美的》歌詞時文思泉湧吶～很流暢地翻譯出初稿，接著緊急逼 Leo 跟我討論翻譯策略、精挑細選用字、確保忠實呈現意境與訊息，《怪美的》英文翻譯終於誕生！

由於當時已經創立「賓狗單字」YouTube頻道（現更名為「聽新聞學英文with賓狗」），我就直接用頻道的帳號留言在《怪美的》歌詞版MV下方，讓走過路過的外國聽眾能透過我的英文翻譯，瞭解這首舞曲是多麼言之有物，在好聽痛快的旋律之餘，還有發人深省的訊息。

把翻譯貼到MV下方分享之後，我跟Leo就筆電收一收去吃晚餐了，也沒多想什麼。結果，隔天我回去聽歌，想說看一下我們的留言有沒有人注意到，哇，竟然累積一千多個讚呀，是我們當時粉絲頁讚數的十倍呀XDDD除此之外，還有很多網友留言回覆，說一定要讓更多外國聽眾看見優質翻譯，聽懂這首歌的意涵。這破千的讚數以及大量網友回覆，完全是意料之外的收穫，畢竟我**只是用愛翻譯、只是發洩心中的感動嘛！**

## 被 Jolin 看見

但接下來的發展更驚人了，索尼音樂公司竟然私訊賓狗單字的Facebook專頁。那位窗口表示，公司看見我們在留言區的英文翻譯了，想問我們是否願意將翻譯提供給音樂公司，作為官方MV的英文字幕。我不懂，你為什麼要問這個問題？通通拿去、通通拿去！Jolin的MV要用我們的英文翻譯，通通拿去！

好啦XD以上是粉絲腦袋的發言，回到自由工作者的腦袋，音樂公司的處理方式非常尊重譯者，畢竟譯者是擁有翻譯作品的著作權，所以對方來信詢問授權意願並支付使用酬勞，是非常尊重專業的表現。故事還沒結束，後來更扯的是，Jolin本人竟然在IG發文，說她看見我們YouTube上那則翻譯留言，令她感動落淚，後來還留言回覆我說很喜歡我們的翻譯，要向我學英文。Jolin說要跟我學英文，這情節也太超展開，完全徹底爆擊我心呀！我直接感動到當機，帶著癡呆的微笑躺在瑜伽墊上，雙眼直盯著天花板，大腦無法運作、系統已超載，一切訊息靠Leo回覆。

## 金曲譯者的祝福與迷航

　　等我恢復理智的時候，我跟Leo已經走在「**金曲譯者**」這條路上。我跟Leo多年鍛鍊的英文及翻譯能力，因為《怪美的》這首歌得到契機，忽然解鎖了歌詞翻譯這個工作項目。Jolin該張專輯的多數MV，包括《玫瑰少年》、《消極掰》、《紅衣女孩》等諸多官方MV英文翻譯，都委託我們提供，感到非常幸福和榮幸呀～

　　後來，我們的英文歌詞翻譯更獲得其他歌手及音樂公司青睞，合作對象包括A-Lin、韋禮安、鄧紫棋、熊仔及周湯豪等知名歌手，甚至和林宥嘉有多元的深度合作，除了翻譯其《少女》歌曲MV之外，還為他的《idol世界巡

迴演唱會》諸多曲目提供英文翻譯，讓海外觀眾更有參與感，翻譯品質更備受海外觀眾好評呢！

頻道創始之初，就能與 Jolin 合作，為我們帶來很大的人氣與流量，而後續的種種天后天王合作，也直接把我們的頻道內容推向「金曲譯者」的方向上，我開始製作歌詞翻譯及解析的影片，就這樣一時沖昏頭，忘記頻道的初衷是「**時事議題 + 英文學習**」。

## 危機就是轉機

在 Jolin 的「天后級流量」衝擊之後，我是怎麼想起頻道初衷的呢？答案很簡單，因為遇上了危機。為 Jolin 翻譯歌曲而帶來的流量，隨著 Jolin 新專輯打歌期過去之後就慢慢退去。換句話說，我們為 Jolin 翻譯歌詞的光環確實讓我一時掌握流量密碼，可是這組「密碼」僅限打歌期那幾個月有效，蔡依林的新歌 MV 出完之後，流量密碼就過期了。

這時候，**身分認同危機（identity crisis）**也就自然浮現：

我是誰？我怎麼會在這裡？我在幹嘛？

我的頻道初衷不是「新聞＋英文」嗎？我怎麼會在教歌詞翻譯？我在幹嘛？

我為一時的流量捨棄初衷、轉變頻道方向，結果流量就這樣無情拋棄我，一拋就把我拋到濃霧瀰漫的大海上，我開始迷航，不知該不該繼續製作「歌詞翻譯教學」系列影片，但也同時不敢隨意髮夾彎轉向製作「新聞＋英文」這樣的內容，就這樣陷入迷航之中。

利用這段雲霄飛車般的經驗，來學三個單字吧！

**1 die-hard fan 鐵粉**

I've been a die-hard fan of Jolin Tsai since junior high.
我從國中開始就是蔡依林的鐵粉。

這一小節中聊到，我從國中就喜歡蔡依林，在電視機前面等待她的MV、學唱她所有歌曲、她得金曲獎我會欣喜若狂，這樣的我是蔡依林的「鐵粉」（忠實粉絲），而鐵粉的英文就是 die-hard fan。

Die-hard是個形容詞，意思是頑強的、投入而不輕易改變的；fan則是你應該相對熟悉的單字，「粉絲」這個中文詞，就是fan的複數「fans」音譯而來。Die-hard跟fan組合在一起，就是熱情非凡、堅定不移的粉絲，也就是鐵粉die-hard fan。

2 overwhelmed 受強烈情緒淹沒的

When I learned that Jolin mentioned our translation in her Instagram post, I was completely overwhelmed.

一得知蔡依林在 IG 上提到我們的翻譯作品，我整個人被情緒淹沒、完全不能自己。

Overwhelm 是動詞，是「淹沒」或「強烈影響情緒」的意思，而 overwhelmed 則是形容詞，是「受強烈情緒淹沒的」或「不能自己的」這般狀態。

賓狗來說一個故事，讓你加深印象：

或許你曾經在學校考試時，啊呀寫錯字，手往筆袋裡摸，嗯？怎麼就是找不到橡皮擦，糟糕，橡皮擦沒帶來學校，寫錯的字該怎麼辦，慘了要被扣分了，You were overwhelmed with anxiety，你焦慮不已，不知道怎麼辦。

這時候，突然有塊切一半的橡皮擦彈到你桌上。抬頭一看，旁邊的女同學對你眨眼，原來是她發現你的驚慌失措，把橡皮擦切一半分給你。怎麼會有這麼善良的人，簡直發出聖光，Your classmate's kindness overwhelmed you，好感動吶！

你對她點點頭感謝，開始擦掉寫錯的字，看著慢慢出現的橡皮擦屑，你想起一件事。你每天都會趁午休的時

候，把桌上的橡皮擦屑集中起來，丟到這位女同學的椅子下面。哇......突然滿滿的罪惡感呀，You were suddenly overwhelmed with guilt。聽完這個故事，有沒有瞬間懂 overwhelmed 的使用情境呢？

#故事純屬虛構 #如有雷同 #是你人太糟（誤

> **3** identity crisis 身分認同危機
> I had an identity crisis soon after being recognized by Jolin Tsai.
> 獲蔡依林認可之後，我卻快速遇上身分認同危機。

　　無論是在摸索職涯時，或是站在人生的十字路口上，我們都有可能遇到「身分認同危機」。當你不清楚目前身處的位子或任務有什麼意義，找不到認同感又缺乏歸屬感或使命感，這就是身分認同危機。例如我翻譯的歌詞獲得蔡依林認可之後，為了流量而不自覺地背棄初衷（新聞＋英文），變成在網路上分享歌詞翻譯。等意識到這個轉變時，我已經不知道「賓狗」是誰、「賓狗」為什麼要產出這些內容，進而導致我無法完全認同自己在網路上的身分，這就是身分認同危機，英文則是 identity crisis。

　　「遇上」身分認同危機所適合搭配的動詞是 have，「某人遇上身分認同危機」就可以翻譯成 someone have/has an identity crisis，所以當我想用英文表達「獲蔡依

林認可之後，我卻快速遇上身分認同危機」這樣的訊息時，我就可以說：I had an identity crisis soon after being recognized by Jolin Tsai.。

所有在職涯中前進的工作者都可能面臨 identity crisis，學生及主婦也逃不過身分認同危機風暴。下一小節，我會分享當初如何走出迷航危機，為現在或將來的你提供參考的方向。

**你也可以**

我透過翻譯能力被偶像看見並有幸合作，而你若有自傲的專業，也有機會跟偶像合作。只要持續精進你的專業及興趣，並搭配上 Spark Joy Method 英文自學原子習慣，你也會日漸茁壯，總有一天獲偶像青睞「翻牌」，成為她或他合作的對象。

# 陪伴學習，治癒自己——15年豐富英文教學經驗

上一小節提到，在成為蔡依林及許多天王天后的「金曲譯者」之後，龐大的流量一時湧入我們的YouTube頻道及 Instagram帳號，但由於中英歌詞翻譯這樣的內容相對小眾，所以很多人只是來看個熱鬧，對頻道內容並不真的感興趣，在話題消散後很快便離去，我跟Leo就這樣在頻道創始之初，早早體會到流量大起大落的無常起伏。

## 流量的浪，會起也會落

經營過網路頻道的人大概很熟悉，網路流量或人氣並不是一條穩定向上的線，它總是起起落落，就如同股票的

漲跌難以捉摸，不過初出茅廬的 Leo 和我，卻在頻道初期就遇上非常大的起伏，心裡一時非常慌張。

當時的起伏是這樣：我們剛出發時 Instagram 粉絲頁只有一百多個讚，流量極低，但在 Jolin 的 YouTube MV 下方提供歌詞翻譯的留言卻能得到一千多個讚，比粉絲頁本身還受歡迎呀 XD 隨後，Jolin 發文分享我們的翻譯，Instagram 帳號的追蹤人數就開始狂飆，每天增加一百到兩百人不是問題，快速突破千人追蹤。而隨著話題所製作的「歌詞翻譯與解析」YouTube 影片也乘著 Jolin 的 MV 流量，每隻影片都能得到好幾萬次的播放，我們頓時覺得安心，看來網路事業就這樣起飛了，將來妥當啦，繼續發展這個路線就可以了。

可惜的是，這個世界是殘酷的，在你微笑抬頭享受陽光時，它就偏偏要派一隻壞鴿子「咕咕咕」地飛過你頭上，然後「啪啦」一聲，掉下從天而降的禮物。

## 無預警散會

Jolin 新專輯打歌期結束後，流量安靜了下來。

原本每隻影片動輒幾萬次的播放，開始降到幾千次，或是減少到僅剩幾百次播放都有可能。我跟 Leo 非常失望和驚慌，怎麼一陣熱鬧之後，突然人去樓空呢？

或許人去樓空的主要原因是，先前的宏大流量多數是來自 Jolin 的 MV 觀眾吧。也就是說，許多人只因為一時的熱鬧和話題，或是想瞧瞧哪個傢伙這麼可惡（?!），可以為 Jolin 翻譯又被她欽點，所以探頭進來望望。這樣的流量，讓我們誤以為歌詞翻譯與解析這樣的主題，可以成功吸引大眾產生英文學習的熱忱，但從結果看來並非如此。歌詞翻譯果然還是偏向小眾的題材，用歌詞翻譯來教英文更是小眾中的小眾，所以人潮雖然湧入，但是真的產生共鳴的則是少數，多數人很快就轉向下一個熱門話題和頻道了。

突然散場的派對，讓我感到失望與難受，也讓我充分體悟到，這就是一個**影音內容過剩的時代**呀，流量必然會來來去去，沒有任何一個主題可以永遠抓住群眾的注意力。在認知到這個現實後，我們開始思考網路頻道未來的方向，我在房間裡來回踱步、左思右想之後，意識到一件事情：如果流量與人心是無可避免的善變，那何不如**回歸初衷**吧，畢竟在這個多變而混亂的世界中，**我們唯一能掌控的只有自己的心**。

## 雙手再次掌舵

當初網路頻道製作的內容會忽然轉向歌詞翻譯與解析這個方向，說穿了就是隨波逐流啦，跟著流量走。但在經歷流量的無情起伏後，我覺得還是要回歸初衷吧！

做自己覺得有意義又喜歡的主題，才是最好的。在我的故事中，這句「莫忘初衷」並不是什麼道德勸說，也不是說保有初衷就「蓋高尚」，並不是。

　　初衷於我而言，更像是一個參考點：因為外在世界混亂而難以控制，沒有絕對的依歸，比《後宮甄嬛傳》的聖上龍心還善變，所以別妄想控制整個世界，應該要花力氣在自身心態上比較實際。說白話一點，流量要不要來，我控制不了，但做的過程開不開心，這在我控制範圍內。換個角度來說，若我能莫忘初衷，堅持自己想要做的事情，那麼外在流量與環境的變化，就不那麼可怕了。**因為初衷就是我的依靠，讓我以不變應萬變**，長久享受這趟自媒體的旅程。

　　我很幸運的是，在出發前我就想好初衷了：英文學習＋新聞議題。我希望透過網路頻道幫助更多人快樂學英文，同時跟上重要的時事議題，而更赤裸的心裡話是，我希望療癒曾經因為英文而受傷的人。在我超過 15 年的英文教學生涯中，我從每個學生身上看見大一的賓狗，我知道很多學生都被英文考試、同學或是可怕心魔給傷害，所以才會那麼迷惘又害怕開口說英文。我不想讓你再走冤枉路，不想看你變成驚慌的困獸。我想療癒跟過去的我相似的人，跟你們一起自信快樂學英文。

## 學習英文、關心世界

於是我跟Leo開始思索，要怎麼樣傳遞這個訊息呢？我們想讓大家意識到**「英文是溝通工具」**，一定要透過英文認識世界、獲得資訊，這樣才能讓英文學習成為怦然心動的事情，進而找回自信、不斷讓英文進步，這正是讀完第一、二章的你，已經瞭解的概念。

但直白的叨念是沒有用的，就像我媽有一陣子很愛唸我：「房間跟豬窩一樣，身體怎麼會好！」這樣的話，剛聽到會緊張，會往心裡去，但聽久我就麻痹了，笑笑撒個嬌，隨便掃地並摺件衣服就呼攏過去了，任她叨念好幾年（好一個不孝子）。對比之下，後來我在Netflix上看了近藤麻里惠的《怦然心動的人生整理魔法》，從每集的真實故事中親眼看見「整理」對人生帶來的改變，我就立刻被節目說服，開始主動整理房間、清理雜物。

從我媽的角度來看，我就是個「死囡仔」，講那麼多年都不聽，看一個Netflix節目就立刻改變，係按怎！但從另一個角度來看，你會發現故事與內容的力量。想要傳達訊息時，與其直白訴說、重複提點，還不如**讓受眾從故事中親自感受這份訊息**，才能真正被感動，進而採取行動。

## 五個單字掌握時事

我的初衷是「英文學習 + 新聞議題」，而關鍵想傳達的學習精神是**「英文是吸收資訊的工具」**，既然如此，那就結合英文學習跟新聞懶人包吧！我們從 Instagram 貼文開始回歸時事，推出「五個單字秒懂時事」的系列，貼文主題包括「五單字秒懂轉型正義」以及「五單字尬聊英國脫歐」等，就是將當時的重大新聞議題簡化成懶人包，以五個英文單字穿針引線，學習五個英文單字的同時也認識重大新聞時事，而新聞時事也等同是英文單字的情境背景，幫助你加深對單字的印象。

粉絲當時紛紛表示，學英文的同時還可以認識世界，CP 值很高耶！而這正是我希望他們產生的感受，因為這就表示「五個單字秒懂時事」系列讓他們意識到，學英文不該只是學習這個語言，不該只是背單字及文法，應該是透過這個語言認識世界，並向世界表達自己的**聲音**，才是學習英文最快樂並有效的方法。

感謝這段時間的探索與嘗試，我們不斷發展頻道的風格與內容，後來才能做出《聽新聞學英文》這樣令我們驕傲的 podcast 節目。

## 自由工作者必備的取捨力

　　我當初狠下心割捨歌詞翻譯這個系列，選擇往英文學習＋新聞議題走，正是需要前面提過的「取捨」能力以及抉擇的勇氣。當時的挑戰艱鉅，就像是減肥的人只能在巧克力泡芙和抹茶甜甜圈裡挑一個吃，兩個都這麼好吃，卻必須為熱量捨棄其中一份美食，老天呀你怎麼這麼殘忍！

　　雖然殘忍，但**人生就是一系列的取捨**，無論做什麼工作，隨時都可能會站在這樣的叉路口，面臨艱難的選擇。尤其自由工作者更是如此，你是自己的老闆，你必須做決策呀，若遇上兩份案件同時想委託給你，但你無法同時應付，該選擇哪一位客戶才好呢？而在事業發展方向上，你又該如何選擇？比如說是要專注在書籍翻譯上，還是要往字幕翻譯鑽研呢？無論是哪個專業領域，自由工作者的選擇很豐富，這是好處，但它也代表著沒有人會幫你做決定，你得自己作主，It's totally up to you.

　　學校考卷總有標準答案，只要用力思考和研究就能找到，並在最後拿到分數，獲得肯定，但自由工作者面對的叉路不像考卷那麼單純，常常是每個選項各有優缺點，各是不同的精彩人生。面對這樣複雜而沒有標準答案的人生考題，常常令人產生選擇障礙，而我的作法是回歸初衷，想想心底最在意的究竟是什麼、當初又為何踏上這條路。這樣才能避開躊躇不前的命運，繼續向前邁進，即使結果未必盡如人意，還是能享受路上的風景。

現在就利用這段事業迷航的經歷，來學三個單字吧！

 ups and downs 起伏成敗

Like most Internet celebrities, we've had our ups and downs, but life's like that.

就跟多數網紅一樣，我們的頻道流量起起伏伏，但這就是人生啊。

這一小節中提到，我們頻道創始之初，由於蔡依林欣賞我們的翻譯，一時蔚為話題，所以獲得許多流量與關注，但隨著新專輯宣傳期過去，這個話題也不再新鮮，流量也隨之快速流失。當時很驚慌失措，但事後回頭看，其實這樣的現象沒什麼大不了，多數網紅的流量也是起起伏伏，我們能做的就是享受過程、持續產出，等待下一次的機會出現。

無論是學業成績、工作表現、或是春節前後的體脂肪（?!）都會不斷起伏改變，這些變化就是 ups and downs，所以「就跟多數網紅一樣，我們的頻道流量起起伏伏，人生就是這樣。」可以翻譯成 Like most Internet celebrities, we've had our ups and downs, but life's like that.

 never forget why you started 莫忘初衷

Never forget why you started and you'll enjoy life's journey.

莫忘初衷，才能享受人生這趟旅程。

每個人都聽過「莫忘初衷」，而且很多人誤以爲那樣就會成功，可惜並不是。這個世界沒有這種簡單好背的成功公式，甚至「鑲金又包銀」的名人突然「跌落神壇」的事也多有聽說，這世界的眞相其實就是荒謬而不講理，The world is messy!

「莫忘初衷」的眞正好處並不是確保事業成功，而是確保在面對外在環境動盪不安時，仍能保持快樂與安定的心，享受旅程中的起伏與風景。莫忘初衷可以翻譯成never forget why you started，很多時候，中翻英不需要多艱澀的單字，淺白自然的英文，有時才能直擊原文的核心訊息。所以「莫忘初衷，才能享受人生這趟旅程。」就可以翻譯成：Never forget why you started and you'll enjoy life's journey.

**3** trade-off 取捨-名詞

Life is a series of choices and trade-offs.
人生就是一連串的選擇與取捨。

不論是在人生或職涯中，完美的選項基本上不存在，每一條路都有其獨特的優劣勢，會讓你看見不同的人生與職涯風景。網紅選擇內容主題時必須取捨、自由工作者面對各種案件時需要取捨、學生準備考試時也會在科目之間取捨，所以說「人生就是一連串的選擇與取捨」，Life is a series of choices and trade-offs.

　　取捨與權衡可以用 trade-off 來翻譯，其實它跟 choice 的意思蠻相近的，都是要在兩個以上的事物之間做選擇，但 trade-off 這個字更容易讓人意識到「機會成本」，也就是選了 A 路線，就必須認賠 B 路線帶來的好處，所以 trade-off 這個字比 choice 更能翻譯出「取捨與權衡」的本質。

　　這一小節聊到頻道創始初期在 YouTube 及 IG 上的成長與突破，以及接續的迷航與摸索，最後終於靠著初衷找到前進的方向，也就是結合英文學習及新聞議題。正因為這個時期的探索，後來才誕生出《聽新聞學英文》podcast 節目，開始用聲音陪伴聽眾一起學習、一起生活。

**你也可以**

不論是為了學英文、升學還是工作業績，你一定很努力在生活，但努力之餘，偶爾也可以停下來確認現在前進的方向，是否還符合初衷，又能否帶來真正理想的生活。只要你莫忘初衷，就能做出權衡與取捨，穩穩向前邁進。

# 沉潛準備，把握機會 —— 屢創佳績的《聽新聞學英文》podcast

　　上一小節提到，感謝蔡依林的賞識，讓我們的歌詞翻譯躍上她歌曲 MV 的畫面，也因而為我們的 YouTube 頻道帶來宏大流量，但這般「微爆紅」事件來得猛、去得也快，所以 YouTube 頻道及 IG 的流量很快掉落。不過，一切的際遇都是福禍相倚，我們因為失去流量，反而有機會回歸初衷，潛心在 IG 上製作「英文學習 + 新聞議題」的貼文內容。

## 無心插柳的 podcast 之旅

　　2020 年被封為台灣的 podcast 元年，而《聽新聞學英文》就是在 2020 年 1 月正式上線，因為出發的時機非常漂

亮，所以我的podcast節目跟著產業一起成長，幸運被許多人聽見。聽起來好像我是洞燭先機的台灣神童，火眼金睛抓準出發時機、一舉成功。但其實沒有，我超級後知後覺的，是靠我的大學好姐妹Angie「通風報信」。

Angie是我大學同學，她總能戳到我笑點，每次跟她聊天都差點笑出六塊肌（可惜沒有）。我們還在同一時期在美國當交換學生，常常趁假日一起美國「趴趴造」，包括去拉斯維加斯、大峽谷、紐約、波士頓、費城什麼的，是不可多得的好姐妹。2019年時，她已經有一個很棒的健身podcast節目《好奇槓鈴》，而她知道我們《賓狗單字》頻道有YouTube、Facebook、Instagram，但並沒有經營podcast節目，於是她就力邀我說，你的內容跟聲音很適合做podcast耶，你趕快進來開個節目啦，podcast就快要起飛了唷！

## 沒抱太高期待

我當時簡單研究podcast節目製作過程所需的設備及條件，覺得這個計畫還蠻可行的嘛，於是就以我當時聊台灣總統大選的Instagram貼文作為基礎，寫成適合podcast呈現的稿子，製作我podcast節目《聽新聞學英文》第一集「EP1｜大選後好興奮OR好難過？五個單字一調適大選後心情」。

我用的設備是iPhone配上蘋果的耳機，就這樣，令人不可置信的陽春設備，用電動遊戲比喻的話，簡直就是拿一把木劍，就傻不嚨咚地衝向大魔王。這也顯見我當時的心情真的只是想「踹踹看」，提供粉絲不同的英文學習媒介，並未對流量或成績抱太高的期待，所以還不願意投資太多預算在錄音設備上。（相較之下，現在的錄音設備則是投資了好幾萬元呢！）

　　沒想到，這個用iPhone錄音、無心插柳的開始，竟然陸續收到不少正面評價：

「賓狗發音好好聽唷！」
「嗓音太有磁性了吧～」
「口條也太好太自然！」

　　同時，《聽新聞學英文》podcast的下載數也快速成長，更進入Apple Podcasts的人氣排行榜，我開始察覺，這或許表示我的英文學習內容適合用podcast呈現，而我的受眾可能也喜歡這樣透過聽覺學習的形式。

## 一言不合就日更

　　而那時的我年輕魯莽，一看見《聽新聞學英文》的成長潛力，竟然就一時衝動、不顧一切開始「日更」，也就是週一到週五，每天更新一集podcast，每集介紹五則國際新聞以及五個英文單字，陪伴聽眾學習。事後才發現，

哇，簡直太小看日更的壓力了，我天真以為只要某一天狀態好，能順利在一天內完成一集新節目，就代表我可以每天用同樣的效率產出，於是就帶著天兵臉上特有的憨笑，開啟日更的計畫。

實際執行之後，很快發現計畫不如預期那麼輕鬆美好。從表面看來，我仍然成功維持日更好幾個月的時間，每集也確實是我引以為傲的作品，但從我的生活品質及情緒感受來看，每天都過得戰戰兢兢，每集的製作之間沒有喘息的空間，一集接著一集，在這樣的產出頻率下，再喜歡的事情也會變成壓力。就像一個人再怎麼喜歡坐雲霄飛車，也不會想每天到遊樂園報到吧？當然如果顧設施的工讀生是天菜的話，可能另當別論（誤）。總之，即使是打從心裡愛做的事情，頻率也不能太高的，這就是日更計畫帶來的額外壓力。

## 卻也帶出好成績

雖說日更真的是個腦衝的計畫，是因為熱情滿滿，想帶著聽眾把英文學習融入生活，所以一時衝動的決定。但不得不說，日更計畫也確實為《聽新聞學英文》打下很穩固的基礎。很多志同道合的人因為聽眾口碑而前來訂閱，收聽數非常穩定，而且成長也很快，每天固定有好幾萬聽眾一同聽新聞、學英文，讓我跟 Leo 有動力製作節目，也深刻感覺到社群凝聚力變得越來越強勁。

這股社群的力量也帶著《聽新聞學英文》向上成長，入選 Apple Podcasts 的「矚目新品」、曾在 Apple podcasts 人氣排行榜竄升到第四名、更入選 Apple podcasts 2021 年度精選節目、也連續兩年獲選 KKBOX podcast 百大人氣節目，在短短一年多內得到許多獎項肯定，真的是無心插柳柳成蔭，而我惜福地在這片「蔭」下認真經營節目。

## 兜了一個圈

一個頻道或事業的成立，通常是**先有點子在心中萌芽**，接著**各種選項及細節會在腦力火熱地激盪一番**，最後再**限縮出一個出發的方向及軌道**。我和 Leo 是在 2018 年時冒出想經營網路頻道的念頭，當初其實考慮過做 podcast，畢竟那時我已經聽英文 podcast 很多年，蠻熟悉 podcast 這樣的媒體。

不過後來幾經考慮，覺得那時台灣人都還不熟悉 podcast，恐怕無法真正幫助到網路上的大家學英文，所以就決定先以製作影片及貼文為主，在主流的平台 YouTube、Instagram、Facebook 等平台經營社群，陪伴大家聽新聞、學英文。

回頭看，還真是「幸福兜了一個圈～」（宥嘉借我唱一下），最開始時，我們放棄 podcast 這條路，卻在兩年後開始製作《聽新聞學英文》，意外成為我們社群最喜歡的

學習方式，我想自由工作者的事業發展就是這樣不可預期吧，總是充滿冒險跟驚喜的色彩，因爲每一份案子、每一個社會變動的浪潮、甚至每一個客戶的回饋，都可能改變自由工作者的事業組合，而想要自由接案，多少要有**隨遇而安**的心理素質，才能享受自由工作的生活型態。

現在就利用《聽新聞學英文》的社群經驗，一起學相關的三個單字吧！

## 三單字

> **1** It was an unexpected success.
> 無心插柳柳成蔭。

這一小節中提到，我能在台灣的 podcast 元年 2020 年初這樣漂亮的時機出發，因而幸運被聽見，並不是因爲我的計畫多縝密，眞正誠實的原因是我有 Angie 這位好閨蜜，是她邀請我進入 podcast 的世界。也就是說，雖然我現在絕對是非常非常用心製作內容及經營節目，但起初我完全沒有料到 podcast 節目能爲我們帶來如此的成功，可謂是「無心插柳柳成蔭」。

若要用英文表達這樣「無心插柳柳成蔭」的情況，我們千萬別拘泥於字面上打轉，應該追求直接用英文傳達出「意料之外的成功」之訊息，所以你可以翻譯成：It was an unexpected success，就這麼簡單。句子中的關鍵單字是 unexpected，是「意料之外的」，而「這是意料之外的成功」也就是無心插柳柳成蔭啦！你也可以運用 unexpected 換句話說：

　　Success often comes from unexpected places.
　　成功常在意想不到的地方出現。

　　Success often comes in unexpected forms.
　　成功常以意料之外的形式到來。

　　這些都可以表達「無心插柳柳成蔭」的概念唷！

> **2** decide on impulse 一時衝動
>
> I decided on impulse to make my show a daily podcast.
> 我一時衝動下，決定每日更新 podcast。

　　雖然《聽新聞學英文》的開始是無心插柳，但我非常珍惜與聽眾的緣分。我一直很喜歡與粉絲共同學習英文的感覺，也意識到 podcast 能為我的聽眾帶來英文學習動力，所以熱情又興奮的我，就這樣一時衝動，決定每日更新 podcast，展開日更的忙碌緊湊節奏。

衝動的英文就是 impulse，而一時衝動的行為，可以說是 do something on impulse。以我為例，我在一時衝動下，決定每日更新 podcast，英文就可以說 I decided on impulse to make my show a daily podcast。

日常生活中蠻容易遇到一時衝動的情況，至少我是這樣。我曾經在陪 Leo 逛手工藝用品店的時候看到 DIY 手工抱枕組，想說製作一個給我媽，於是一時衝動就買下來了。結果，至今已經過了快十年，那個 DIY 套組還原封不動躺在抽屜深處。

當我媽質問說：你到底買那個幹嘛，浪費錢！

我就可以回答說：I bought it on impulse....
就⋯⋯一時衝動買的嘛⋯⋯

（然後趁媽媽不注意，再把 DIY 組合塞回抽屜。）

下次你衝動購物之後，就可以在心裡誠實說：Yup, I bought it on impulse.

**3 community 社群**

I'm grateful to have a strong podcast community.
能擁有一個緊密的 podcast 社群，我非常感恩。

雖然日更是一時衝動的決策，但每天陪著大家在通勤或做家事等零碎時間學習，也拉近了我與聽眾的距離。即使現在已經減少每週更新次數，但《聽新聞學英文》每天仍穩定有數萬人收聽，是一個非常緊密的 podcast 社群，令我非常感恩。

　　社群就是 community，可以是指地理位置上鄰近的一群人，也就是像社區的概念，例如「我爸在街坊鄰居間人緣很好」就可以翻譯成：My dad is well liked by people in the community，而 community 也可以指一群擁有共同點的人構成的社群，比如說我的 podcast 聽眾都喜歡聽我的節目，喜歡同時吸收新聞議題及英文單字，這樣有共同點的一群人也可以稱作 community 唷。

　　能擁有一個緊密的 podcast 社群，我非常感恩，I'm grateful to have a strong podcast community，這樣強大的社群凝聚力開啟《聽新聞學英文》旅程上許多美麗的意外，是我們彼此共享的回憶，下一小節就來分享旅程中的驚喜風景。

你也可以

無論你是自由接案或受人僱用，都可能在意外的工作項目上獲得客戶或老闆賞賜，換句話說，你所做的一切都不會白費，都可能在某一刻串接起來，突然快速帶你起飛。同理，你過去學的英文，以及接下來用 Spark Joy Method 英文自學習慣所累積的英文能力，也絕對會在未來成為你事業莫大的助力。

## 3-8

# 美麗的意外——
# 創業不可預期，
# 因而美好

上一小節提到，我們的 podcast《聽新聞學英文》可以說是美麗的意外。不過這樣的「意外」，也是自由工作者的職業生涯日常。畢竟每個自由工作者其實都是創業家，我們努力經營個人品牌，展現可靠的專業能力，接洽不同的客戶，並承接各式各樣有趣的工作案件。

### 你就是大明星

以演藝人員來比喻好了。藝人也可以說是自由工作者，他們接各類表演或代言案件，並且需要形塑個人品牌、維持特定形象，比如說 A 藝人就是性感象徵、B 藝人

就是能帶來歡笑、C藝人就是演什麼像什麼的實力派，說起來藝人算是大眾最熟悉的自由工作者。

而藝人也跟所有自由工作者一樣，會經歷事業組合的變化，例如某藝人或許剛出道時立志成為電影明星，結果卻發展成偶像歌手，後來又因為劈腿外遇加私照外流而被封殺，沈寂之後改走諧星主持人的路線，反而大紅大紫。（以上如有雷同、純屬巧合嘿）

雖說自由工作者面對的變化，可能沒有這麼戲劇化啦XD但事業起伏和迂迴兜圈，甚至是難以解釋的緣分（或無緣），通常會比一般上班族的生活來得波濤洶湧，這是必須做好的心理準備，也同時是令人萬分期待的一點。

## 「沒想到會做這個」

我的自由工作生涯也是完全不照計畫走，原本打算以翻譯書籍為主、短篇文件為輔，但因為蔡依林歌詞翻譯的契機，意外打開「金曲譯者」這條路；原本只打算做翻譯工作，沒有考慮過編寫英文教材，卻收到國語日報專欄《爾尼的校園生活》邀請，每個月為他們撰寫英文會話，刊登在報紙上讓小朋友學習；原本想要成為一個YouTuber，卻意外在podcast找到市場。

而《聽新聞學英文》podcast節目，也爲我帶來很多驚喜的際遇，比如說2021年時，我獲智高積木邀請，爲他們拍攝英文產品介紹影片，還爲此特別從台北出差到台中拍攝呢。而智高會從茫茫網路上找到我，竟然是因爲智高的大老闆就是我的聽衆！我還記得在攝影棚拍攝完之後走進智高的辦公室，老闆一看到我就火速掛掉手中的電話，雀躍衝出小辦公室，兩眼發光地跟我寒暄聊天、合影留念。天呀，我只是每天穿睡衣坐在房間的電腦前，面對麥克風錄音說個沒完的「話癆仔」，卻能建立這樣的情感連結，podcast的力量果眞很強大呀。

## 走進企業、步上街頭

同樣在2021年，服飾品牌Giordano聯絡我們尋求合作。Giordano的總經理聽了我們的節目後靈機一動，覺得或許可以用聽的形式，讓服務人員接觸英文，提升英語接待的能力，於是他邀請我爲服飾店人員量身打造英文課程，用最簡單而務實的方式與外國人溝通。爲了錄這檔課，我和Leo還進到Giordano總部，那可是個服飾品牌的總部呀，我們這兩個呆傻書生從沒想過會踏進的空間。

而在2022年農曆春節前，我們節目也獲台北市政府邀請，與多檔知名podcast節目一同在迪化街街頭舉行live podcast，與年貨大街採買的人潮共同歡慶新年。製

作單位在迪化街頭搭起一個透明的玻璃空間，裡面是間舒適的錄音室，一檔一檔podcast節目的主持人輪番上陣，在巨大玻璃箱內錄音給路人看，現場與來賓的言笑聲同時會透過現場準備的喇叭，播送到迪化街的大街小巷。爲了這個特別的活動，《聽新聞學英文》邀請知名的無毒飲食專家譚敦慈護理師，和賓狗一起對著迪化街人潮破除健康飲食的迷思，同時學習這個主題的相關英文單字，這般的體驗簡直就像是街頭藝人，是從來不在我意料之內的工作案件，但身爲自由工作者的我們，就這樣獲得計畫之外的挑戰與機會。常聽人說，工作使生活枯燥乏味，但自由工作者的職涯可能反而爲你的生活增添更多獨特的體驗及色彩。

從我個人的職涯經驗來看，這也是自由工作者及機構內受僱者的一大不同。機構內就業者的薪資穩定，這是優點，但生活也相對一成不變；而自由工作者的工作及收入變動大，這是一大風險，但也享有相對多元精彩的生活體驗。兩者有所不同，但沒有絕對的好壞高下之分，主要仍是看**個人的性格及生涯規畫選擇**。

現在來利用上述自由工作者的多變生活，學三個有趣實用的單字。

versatile 具備十八般武藝的 -形容詞

A freelancer has to be versatile.

自由工作者必須具備十八般武藝。

　　從上述經驗中你可以看出，自由工作者雖然會以一項專業出發接案，但職涯旅程中會遇上各式各樣的工作機會，是需要運用到你的專業訓練以外的能力，例如我是以中英翻譯的專業出發接案，但一路上遇到的機會，卻考驗著我不曾試過的歌詞翻譯、社群媒體經營、podcast製作、鏡頭表演等等能力。正因為自由工作者面對的世界很多變，所以你必須具備十八般武藝，或者至少要有願意嘗試及學習的開放態度，才能快樂享受這股自由的空氣。

　　「具備十八般武藝」這樣的概念可以用 versatile 來翻譯，versatile 的意思是 able to adapt or be adapted to a variety of functions or activities，可以說是「適應力很強」或「具備多種能力」的意思，所以 versatile 可以用來形容具備十八般武藝的自由工作者唷。

　　補充一下，versatile 這個字也能用來形容演技高超、「演什麼像什麼」的演員，比如說奧斯卡獎得主梅莉史翠普（Meryl Streep）就是超級 versatile。她在《媽媽咪呀》裡面展現迷人隨性的魅力，好像身邊的空氣都是甜美雀躍的；但在《穿著 Prada 的惡魔》中，她卻噴發無限兇狠的

霸氣，彷彿高跟鞋一蹬，就能在地面鑿出第二個美國大峽谷。這樣一個演什麼像什麼的演員，你就可以說 She is a very versatile actress.

> **2** To get high returns, you need to take high risks.
>
> 高風險才有高報酬。

投資相關的廣告都會在最後光速朗誦這段話：「投資一定有風險，基金投資有賺有賠，申購前應詳閱公開說明書。」（你可以唸唸看，應該會需要在原地喘個三秒吧）

聽起來或許千篇一律，但所有投資確實都帶有風險，而自由工作者也是在冒險，我們將寶貴的青春歲月投資下去，目標是得到理想生活及個人品牌等報酬。其實，想要一份養活自己的工作，同時保有理想的生活節奏或形態，是非常高的報酬。很多人完全不喜歡自己的工作，總為週一症候群所苦，只能靠著週末的自由空氣勉強感到一些快樂，所以先不論收入多寡，理想的工作與生活本身就是一份高報酬。

而若你想要這份高報酬，就必須承擔高風險，因為 To get high returns, you need to take high risks.（高風險才有高報酬）自由工作者可能面對的風險包括收入不穩定、個人品牌可能做不起來、總收入也不一定能追上曾經

在機構內就業的水準，但你若是想要掌握時間及空間的自由，想要擁有個人品牌並且變現等等，這些都可說是高報酬，而想要得到高報酬，自然是要承擔些風險。因此，建議等到做好心理準備，並累積一點存款跟業界人脈之後，再來挑戰這個高風險、高報酬的職涯遊戲，心理壓力才不會太大。

想一想，我也該在這裡光速朗誦：「接案一定有風險，自由工作有賺有賠，離職前應詳閱本書賓狗說明。」（原地喘三秒）

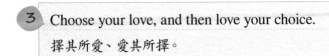

3 Choose your love, and then love your choice.
擇其所愛、愛其所擇。

如果本書讀到這邊，你的眼睛冒著愛心、腳邊的空氣輕飄飄，對自由工作者的生活躍躍欲試，那麼就開始規劃，一步步走向自由接案的生活吧，Choose your love!

值得提醒的是，千萬不要對自由工作的生活型態抱有過於美好的想像，它絕對也有其獨特的壓力，包括擔心收入來源不穩、交件日期前壓力爆棚、難以清楚切割上下班時間等等問題。在實際體會之後，你可以問自己還愛不愛這樣的生活，如果整體還是喜歡自由工作的型態，那麼就love your choice，好好愛你的選擇吧。

「擇其所愛、愛其所擇」這句話是在鼓勵人勇敢追尋熱情，而在選擇追尋之後，也要知道世間事物都不完美，所以做決定之後，你也要學習愛自己的選擇，才有辦法知足快樂地享受人生。這樣的概念，可以用以下英文句子表達：Choose your love, and then love your choice. 選擇你愛的事物，然後好好珍愛自己的選擇。

最後一小節，我們來聊聊英文的魔力以及它能創造的緣分，一起找到英文學習動力，打造你的英文斜槓職人事業。

**你也可以**

如果你渴望成為自由工作者，但因未知恐懼而卻步不前，這是很常見的情緒。與其困在害怕的泥沼之中，還不如衡量自身狀況及真實心意，決定要不要向前邁進。你可以思考：有沒有至少可以撐一年的存款？是否能接受相對不穩定的收入？能不能自律安排工作與生活？把這些想清楚後，你就可以毅然決然踏上自由工作者的道路，或是瀟灑轉頭放棄這項選擇。無論是前進或放棄，都能讓你更認識自己，人生也就不會「卡住」。

# 點亮你我的夜空──語言的緣分和魔力

上一小節提到，自由工作者需面對諸多不確定性，從一個角度來看，這是缺點和挑戰，但換一個角度來說，**不確定性也是一種緣分的體現**。畢竟緣分不就是難以捉摸，所以在遇到對的人或實現目標的時候，才特別令人怦然心動嗎？在本書最後一小節，我想跟你分享英語的魔力，以及它能帶來的緣分，讓你更喜歡學習英文，甚而建立屬於你的英文斜槓職人生涯。

## 英語的魔力

很多人學英文是著眼於學業或事業上的好處，因為英文說得好，可以考上好學校、錄取好公司、升遷也更順遂。這些都是確實存在的好處，但英語的魔力不僅於此，它能**開拓你的視野**，同時**讓你的思考方式更有彈性**，就這樣Do Re Mi So～帶你找到比《我們這一家》花媽還幸福的生活。

## 開拓視野、高人一等

英文能開拓你的視野。從學生、老師到母語人士，不論英文程度如何，都必須持續接觸與使用英文，才能維持語言能力或是進步變強。而持續學英文，持續接觸英文素材的你，就有機會讀到國際媒體的報導，看見世界各地發生的事。若你有國際新聞的背景知識，而且從各家外媒看到不同論點，當你看到國內刻意煽動操弄的新聞時就會相對冷靜，不會輕易隨之起舞，更不會一看到聳動標題就用Line轟炸你所有群組跟朋友。甚至，你還能成為那個「智者」，能識破假新聞，讓謠言止於你，有效保護自己及身旁的人。

除此之外，若你有閱聽英文的能力及習慣，你還能提前掌握市場趨勢走向。很多歐美產業都走在台灣前面，例如影音串流平台服務產業（比如說Netflix及Disney+）

就是這樣。該產業早在美國蓬勃發展，美國大學生早就 Netflix and chill 好幾次了（嗯?!），過了好幾年後，台灣的影音串流產業才跟上腳步。也就是說，用英文讀國外趨勢動向，就有如掌握台灣產業及市場未來可能的模樣，這樣的視野及敏銳度，能讓你在創業或就業上掌握先機，對於職涯發展有無可限量的好處呀！

## 跳脫框架的思考、看見多元的自信

學習英文還能讓你的思考更有彈性，帶你**跳脫既有的框架**，不被刻板印象及偏見綁住，進而大膽利用關鍵資源。例如，台灣人多數認為心理諮商（therapy）是精神崩潰、萬不得已時才需要接受的療程，這般心態導致台灣的精神病患或是需要專業協助的人卻步不前，不肯主動尋求必要的心理諮商等協助。然而，若你為了學英文而聆聽歐美的 podcast 節目，就會發現心理諮商在他們心中沒有那麼嚴重的污名，它甚至可以純粹是用來更瞭解自己的工具，引領你找到自信與愛。

在學英文的過程中，你會深刻認識不同的文化與眼光，這樣的沈浸體驗會為你消泯僵化的思考框架、打破環境塑造的偏見、並開始自然而然地分辨**事實**（fact）與**意見**（opinion）。學英文不只是學英文，它會在你心中撐出一個廣闊的**獨立思考空間**，在這裡，你不需要人云亦云，你能為自己做出最好的決定。

## 英語的緣分

另外，持續學習及接觸英文的你，還會開啓許多美好的緣分，因爲你的世界變大、思考變靈活、綜合能力也進化，這樣的你能迎接更多原本不可能的緣分，或是用遊戲的語言來說，你守備範圍會不斷擴大！以我自身爲例，喜歡學習英文的我，不斷接觸各種怦然心動的英文素材、不斷吸收進步，所以我才能掌握住機會，爲欣賞的歌手翻譯歌詞、經營《聽新聞學英文》podcast受到認可、廣識我欽佩的大來賓、推出線上課程、以及出版這本書分享我的想法，並與你結下特殊的緣分。

小時候那個趴在書桌前傻傻學習英文的我，並沒料到這些美麗的緣分，所以那時的我只爲考試而讀英文。但你遠遠勝過那時候的我，因爲你拿起了這本書並提早看見學英文的魔力及緣分，你是與眾不同的，你將有機會用英文創造更精彩豐富的人生及事業。

## 點亮你我的夜空

其實，面對諸多社會議題及國際新聞，我一度非常悲觀，覺得世界既危險又黑暗，就像一大片黑壓壓的夜空，讓人喘不過氣。但幸好有英語，我的生活有個永無止境的學習目標，我也透過學習與分享結識志同道合的聽眾，或許世界仍然是一片漆黑的夜空吧，不過因爲有《聽新聞學

英文》的聽眾、因為有閱讀本書的你，我們都像天上的小星星，彼此之間的關係可能親近、可能疏遠，但都一樣能點亮彼此的夜空。

對我來說，透過英文學習而與聽眾連結，繼續勇敢在夜空下前進，就是英語最大的魔力，也是最珍貴的緣分。

來用最後的三個單字，牽起英文與你的美麗緣分吧！

**1 broaden one's perspective 增廣見聞**

Learning English can broaden your perspective.

學英文可以增廣見聞。

這一小節提到，學英文可以讓你吸收英語資訊，認識世界上發生的大小事與多元觀點，這樣的閱聽經驗可以增廣見聞。「增廣見聞」的英文該怎麼說呢？學校課本通常教的說法是 broaden one's horizons，很直翻就是「讓某人的地平線變寬廣」，這樣的表達方式正確無誤。

不過 broaden one's horizons 算是陳腔濫調（cliché）了，cliché 就是太常被使用，聽起來了無新意的說法。在英文的世界裡，寫作與口說時基本上會避免使用 cliché，以免顯得很沒創意而落伍，所以「增廣見聞」也可以換成說 broaden one's mind 或是 broaden one's perspective 唷。

2 serendipitous 緣分的

Serendipitous encounters and
experiences await you.
美好的際遇與體驗等著你。

除了上個單字提到的好處之外，學英文還能提升你的
競爭力，讓你有本事接下各種挑戰和機會，並把握住美好
的緣分。講到「緣分」這個字，它是個精練的中文單詞，
意涵非常豐富，所以英文世界並沒有百分之百對等的單
字，但基本上可以翻譯成 serendipity，大致意思接近，但
比較偏向「良緣或是美好際遇」。

比如說你飛去峇里島度假，結果在湛藍天空、溫柔海
聲的沙灘上，巧遇初戀情人，而你們兩人現在都單身，
於是相約在飯店共進晚餐，席間你說：「在這裡相遇真是
太有緣了！」這句話的英文就可以翻譯成：Meeting you
like this, and here of all places, is true serendipity! 在此
時此地，以這樣的形式相遇，真是太有緣了。

至於晚餐後的情節發展就不好多描述了，這可是一本
適合闔家閱讀的書呢～

而 serendipity 的形容詞是 serendipitous，意思就是
「緣分的，順著緣分發生的」，像這一小節提到，只要持續
學習及接觸英文，就會有美好的際遇與體驗等著你。想表

達這樣的概念，你可以運用這個形容詞說：Serendipitous encounters and experiences await you，美好的際遇與體驗還在等著你呢。

> ### 3 the starry sky 星座
> Together you and I walk under the starry sky.
> 你和我一起走在星空之下。

　　漆黑的夜晚會讓人有些不安，但如果天上掛著滿天星斗，身旁有人陪著你走，反而會有最安心的感受。學習英文或是職涯闖蕩的路上都可能有不安的感受，都有如走在一片漆黑的夜空之下，但你只要想起所有賓狗的讀者與聽眾，想像每一個人都是一顆小星星，掛在夜空中交相輝映，那你我就有個伴，可以繼續在英文學習或是自由創業的路上，並肩前行。

　　這樣的畫面與心情，可以說：Together you and I walk under the starry sky，你和我一起走在星空之下，而這裡的副詞 together 刻意提前到句首，則是為了強調「並肩同行」那樣的情誼跟連結。

你也可以

Together you and I walk under the starry sky.
歡迎你持續收聽我的 podcast 節目《聽新聞學英文》，和我一起怦然心動學英文，尋找理想的職涯與生活，並共同點亮世界這片夜空。

# 後記

*The world is messy and there are ambiguities.*
世界是混亂的，成敗是曖昧的。

對這個人生階段的我來說，這句話既真實又有力量。

這個世界本來就是混亂的。虛構的故事中或許有明確的正邪與成敗、戲劇的結局可能有明顯的好壞，但真實世界卻是滿滿的灰色地帶。世界如此，自由工作者的職涯也是如此，總是充滿意外的挑戰與機會，不可能精準依照心中預設的路線前進。

比如說某位英語工作者一開始只想翻譯懸疑推理小說，她或他的想像是持續多年翻譯下去，發展比較單純的職涯，但很可能翻譯的某一本作品大暢銷，譯者的強大實力收到重視，她或他因而一舉爆紅，所以被內容製作公司邀去開podcast節目。結果，哇不錄則已、一錄直接封王呀，空降各大podcast排行榜冠軍！於是其工作重心移到podcast上，接下各種廣告及訪談邀約，事業一飛沖天。不過，雖然成為爆紅podcast、事業大成功、收入也增加，但這位譯者再也沒有時間翻譯最喜歡的懸疑推理小說，成為心底的一大遺憾。

上述的職涯發展，從外界的眼光來看是徹底的成功，非常令人欣羨，但是從這位英語工作者的角度來看，這或許是一個曖昧的灰色階段，因為整體事業雖然很成功，

卻不是原本一心想做的懸疑推理翻譯。別人可能會說：「啊頂多你就放棄podcast就好了嘛，就可以回去翻譯懸疑推理小說了呀！」但偏偏這位英語工作者也不排斥製作podcast，而且現階段podcast事業的收入又遠高於翻譯小說的酬勞，就這樣，她或他進入不完美卻也不痛苦的灰色地帶。

這是自由工作者可能遇到的情況，也是世界上所有人常遇到的灰色地帶，而面對這些混亂和曖昧，有時候只能放下執念、順勢而為，才能好好享受自由工作的多變與精彩。

*Don't aim for perfect English.*
別追求完美的英文。

在語言學習的過程中，也是要容忍一些灰色地帶，你必須接受，你的英文永遠不會變得「完美」。聽起來或許很令人夢碎，但這真相始終擺在你我眼前：想想你的中文，雖然是母語，可是你的中文完美嗎？你有沒有誤用過成語、是否搞混過「它」及「牠」、是否曾叫錯另一半的名字？好啦，最後一項可能得怪你情史太精彩，但重點是我們的中文也不完美，即使那是我們的母語。

你我能使用中文溝通與生活，但我們的中文絕對稱不上「完美」，而英文母語人士也一樣，他們確實能靈活運用英文來表達自我，但他們也是有說錯文法、不認識單

字、發音出錯的時候，這點如果有持續接觸影集、電影或是網路論壇的人，應該也觀察到了。而既然語言和世界一樣，是如此的不完美，那麼我們學習的目標應該是能自在使用英文，並樂於透過英文認識世界，而且不需要等到某個「英文夠好了」的時刻，才開始接觸全英文的素材或是使用英文與人溝通。無論你程度在哪，你此刻就該開始接觸那些令你怦然心動的英文素材。

學習的過程不求完美，不求一次背起眼前的單字、不鑽牛角尖苦讀文法，而是把心思用在尋找怦然心動並適合自身程度的英文學習素材，然後在生活中養成習慣，持續接觸英文。這般看似緩慢但持續前進的腳步，反而是你進步的希望。

恭喜你，讀完了這本書，也學會另一種英文學習的心態與方式！如果你希望學習路上有人陪伴、鼓勵與同行，歡迎戴上耳機收聽《聽新聞學英文》podcast，或是追蹤我的 Instagram 帳號（@bingobilingual_bb）或 Facebook（@bingobilingual），跟著我、Leo 還有數萬名聽眾一起學習、一起生活。

《聽新聞學英文》　　實狗的　　　實狗的
Podcast　　　　Instagram　　Facebook

## 謝詞

這本書能問世，要感謝非常多的人。

首先要感謝的是 EZ Talk 的前編輯宇昇，謝謝你從《聽新聞學英文》的聽眾，變成推動這本書的第一位編輯，真的是很美好的緣分！也謝謝曹副總編輯、莉璇編輯、祖兒編輯以及行銷品萱給的意見及協助，讓我們第一次的寫書經驗非常愉快。

感謝畫家均勻創作的插圖，真的好喜歡你的溫暖畫風，要一起在網路世界繼續前進唷～喜歡均勻畫風的讀者，可以追蹤他的 IG 帳號（@junyun58）。

感謝台大外文系及台大翻譯所的老師跟同學給的養分，讓我進化成現在的模樣。尤其感謝張嘉倩老師、吳敏嘉老師、陳榮彬老師以及黃致潔老師，謝謝你們總是相信我，給我莫大的勇氣。

感謝《聽新聞學英文》的聽眾、支持我的廠商客戶、和我促膝長談的來賓、以及所有曾合作過的人，你們都是我的英文職人旅程上重要的回憶，也希望以後還有更多美麗的交集。

感謝我們的父母及家人，雖然也會吵吵鬧鬧，但心底總是彼此關懷和守護。

最後，謝謝Leo超過十年的陪伴，跟你在台大校園漫步、讀書、寫論文、當自由譯者，一直到現在共同經營podcast及完成這本書，真的是無法言喻的美妙。未來還會有更多好事（跟爛事）等著我們，就攜手度過吧！

EZ TALK

跟著賓狗一起怦然心動學英文！：
不出國打造英文生活，實現你的斜槓職人夢

| | |
|---|---|
| 作者 | 賓狗、Leo |
| 英文審訂 | Judd Piggott |
| 企劃編輯 | 許宇昇 |
| 責任編輯 | 賴祖兒 |
| 封面設計 | 初雨有限公司 (ivy_design) |
| 內頁設計 | Lady Gugu |
| 內頁排版 | Lady Gugu |
| 行銷企劃 | 陳品萱 |
| | |
| 發行人 | 洪祺祥 |
| 副總經理 | 洪偉傑 |
| 副總編輯 | 曹仲堯 |
| 法律顧問 | 建大法律事務所 |
| 財務顧問 | 高威會計事務所 |
| | |
| 出版 | 日月文化出版股份有限公司 |
| 製作 | EZ 叢書館 |
| 地址 | 臺北市信義路三段 151 號 8 樓 |
| 電話 | (02) 2708-5509 |
| 傳真 | (02) 2708-6157 |
| 網址 | www.heliopolis.com.tw |
| 郵撥帳號 | 19716071 日月文化出版股份有限公司 |
| | |
| 總經銷 | 聯合發行股份有限公司 |
| 電話 | (02) 2917-8022 |
| 傳真 | (02) 2915-7212 |
| 印刷 | 中原造像股份有限公司 |
| 初版 | 2022 年 9 月 |
| 定價 | 360 元 |
| ISBN | 9786267164303 |

跟著賓狗一起怦然心動學英文！：
不出國打造英文生活，實現你的斜
槓職人夢 / 賓狗, Leo 著. -- 初版.
-- 臺北市：日月文化出版股份有限
公司, 2022.09
　面；　公分. -- (EZ talk)
ISBN 978-626-7164-30-3( 平裝 )

1.CST: 英語 2.CST: 學習方法

805.1　　　　　　　111010163